青春第二課

王溢嘉

自序　關於青春的九十六種知識

只有青春能啟發青春，也只有青春能說服青春。閱讀別人的青春故事不只在發現自己的青春，更要從中擷取關於青春的知識。

人生是一所學校，也是一門功課。我們每個人都要在不同的人生階段，走進不同的教室，一邊體驗、一邊學習各種課程。而在所有階段中，青春期無疑是最騷動、也最關鍵的時刻，內有劇烈的生理變化，外有檢驗學習成果的考試壓力，而且還面臨了心理學家艾力克森所說的「自我認同」與「角色混淆」的關口，難怪希臘哲學家優里匹底斯早在兩千多年前就說：「青春，是讓人成為富有的最佳時機，也是讓人淪為貧困的最佳時機。」這裡的「富有」和「貧困」不只是物質上的，更是精神上的。

那青春的功課是什麼呢？教育單位已為所有的國中生和高中生準備了各種課程，我將它們稱為「青春第一課」，雖然重要，但基本上，它們只是大家公認「青春應該學習的知識」，而非「關於青春的知識」。對多數處於青春期的莘莘學子來說，他們更感興趣、更需要學習的也許是跟他們的自我追尋、自我認同相關的課程，也就是「關於青春的知識」。

人生最重要的功課是去發現、追尋、實現屬於自己的、獨特的生命意義，而青春期正是對未來產生憧憬、開始編織夢想、動身去追尋的時刻。但如果說「關於青春的知識」就是要教你如何及早確立人生的目標、編織瑰麗的夢想、激發凌雲的壯志、堅毅不拔地朝目標邁進的方法，那就冠冕堂皇地近乎迂腐，而且把問題過度簡化了。青春，其實也是一個極度混亂、騷動，讓人感到非常迷惘、徬徨、挫折的人生階段，沒有什麼「正確而統一」的知識和方法能為所有的人指點迷津。

我覺得「關於青春的知識」既非「一種」，亦非「十種」，而是「多如恆河沙數」，因為每個人都是獨一無二的，每個人要如何「成為他自己」的知識都不盡相同。一個人不可能同時擁有青春和「關於青春的知識」，這種知識通常只能從過來人的身上去擷取；理論上，每個過來人都可以為後繼者提供一大串知識，但就像我們必須從生命的無限可能中選擇自己的有限性般，我們也只能從關於青春的無限知識中擷取自己喜歡或適合自己的有限知識。本書的目的就是想為年輕學子提供一個這樣的視窗。

只有青春能啟發青春，也只有青春能說服青春。所以我特別挑選九十六個具代表性的人物，從他們的青春中找出某段特殊的經驗，並和他們往後的輝煌人生建立某種聯結，目的是想讓每個故事都能提供關於青春的一種知識。從這些青春故事裡，我們很快就會發現，成功或令人滿意的自我追尋並沒有什麼固定的軌跡，不只條條大路通羅馬，不少人所走的方向甚至還完全相反。這不是要讓人無所適從，而是希望大家能兼容並蓄，用這些知識排列組合出引領、照亮自己青春的知識。

所有的閱讀都是在發現自己，閱讀別人的青春故事不只在發現自己的青春，更要從中擷取關於青春的知識。這就是你的「青春第二課」。

本書原由野鵝出版社出版，現交給有鹿文化出版，希望能以更好的品質繼續服務更多青年學子。也感謝有鹿文化能以我們英年早逝的兒子王谷神的攝影作品做為封面和內頁插圖。

王溢嘉

二〇二四年八月

軍艦岩（台北 2020）

目次

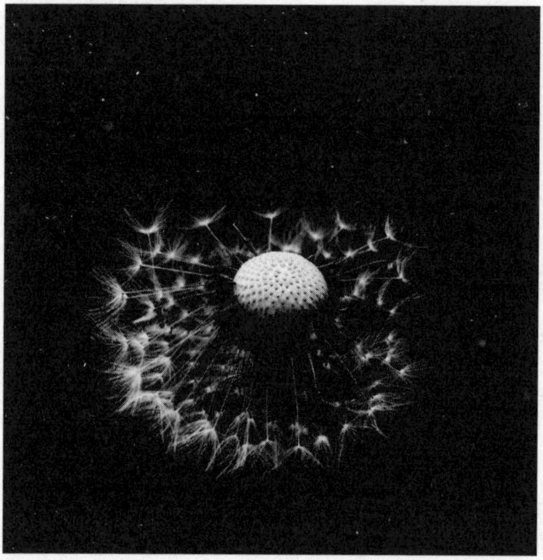

輯二　閱讀自己的少年哲學家

輯三　雙手扭轉南北極，兩腳踏破東西洋

輯四　一個青年船夫的辯解

輯五　人面獅身像在對我微笑

輯六　七位少女的祈禱

輯七　如何讓老虎專心？

輯八　不想等到失敗再後悔

輯一——在檀香山，為「我是誰」而苦惱

青春的故事是人類說過最動聽的故事。——狄更斯

傳播（武陵農場 2018）

滑板上的劍客

讀國中時，熱愛運動的他總是穿著運動衣，根本沒興趣打扮自己；而且嫌頭髮會妨礙運動，還剃了個大光頭……。

在日本千葉縣的某所國中，出現一個看起來與眾不同的國一學生：他剃了個大光頭，老是穿著運動衣，經常帶著一根長棒子到教室，這裡敲敲、那裡打打。

希望他將來能當個「男子漢」的父親，在他讀小學一年級時，就帶他到道場去學習劍道。每週三天的練習，使得小小年紀的他在戴上防具，執劍起身時，已有大將之風。因為表現優異，加上不服輸的個性，每次對外比賽，他總是擔任第一戰前鋒隊隊長的任務，而他也總是能先聲奪人，提振士氣。

就讀國中時，他理所當然地加入劍道部，繼續當「男子漢」。後來又轉而加入體操部。除了劍道、體操外，他也喜歡足球、棒球；熱愛運動的他總是穿著運動衣，根本沒興趣打扮自己；而且因為嫌頭髮會妨礙運動，所以剃個大光頭，直到國三時，才又開始留頭髮。

國三時，學校舉辦足球比賽，為了班級榮譽抱著必勝決心的他，下課後和一位同學練球，由對方踢球，而他當守門員；第二天他的手包著繃帶來學校，大家才知道昨天他跳起來撲球時，手指骨折。但他卻像個男子漢般說：「沒什麼事啦！」

有一天，他忽然接到一通奇怪的電話，要他去參加下周日的甄選會，原來他的一位阿姨瞞著大家把他的履歷偷偷寄給了日本演藝界專門挖掘少年新秀的傑尼斯事務所。好動而開朗的他覺得這聽起來「滿好玩的」，於是欣然前往，接受挑戰。

＊

他的名字叫做木村拓哉。在通過甄試後，他一邊讀高中一邊練習表演，然後成為《滑板男孩》的成員正式登場演出，雖然是伴舞的角色，但對一向熱愛運動的他來說，滑板與舞蹈不僅讓他如魚得水，更成了載他奔往燦爛前程的工具。

在成為國際巨星後，木村拓哉說他最欣賞蒲公英，因為「不管種子飛到哪裡，就在那裡落地生根，只要有土地和水，就能開出美麗的花朵。」也許你無法預知你的未來，但不管你將來會飛到哪裡，要想落地生根、開花結果，你都必須先儲備足夠堅強而旺盛的生命力，並養成做好每件事的習慣，因為機會只和已經在舞池裡的人跳舞。

走進麻省理工的文藝少年

就讀南洋模範中學時，他興起了想要當作家的夢想。見多識廣的父親很技巧地告訴他：「寫作是一個不易謀生的職業。你當作家，可能會餓肚子……。」

抗戰期間，在重慶的南開中學，有一個初三的學生和幾個同學合辦一份叫《健報》的壁報，他負責文藝版，每週除徵求同學的文稿外，自己也要寫一篇；而且還特別去採訪當時的校長，也就是知名的教育家張伯苓先生。

抗戰勝利，他隨父母回到上海，就讀南洋模範中學，開始大量閱讀諸子百家古籍及中國現代作家的小說，而興起了想要成為一個作家的夢想。但當他向父親透露這個志向時，在銀行界服務、見多識廣的父親卻很技巧地告訴他：「寫作是一個不易謀生的職業。你當作家，可能會餓肚子。」於是他聽從父親的建議，去念滬江大學的銀行系，但讀了兩個月就因大陸變色而逃到香港。

他父親認為時局紛亂，讀商科的前途難料，想讓他出國念理工。他在波士頓的三叔於是幫他申請了哈佛大學。抵達美國後，他問三叔為什麼不替他申請麻省理工學院？三叔說他原本熱愛文科，後來讀了商科，現在又說要改讀理工，「我想你應該有時間漸漸建立自己的興趣，與其急急地把你插入非常專門的麻省理工，不如讓你在哈佛有一個緩衝時期。」雖然他在哈佛讀了一年後，就又轉到麻省理工，但在數十年後回顧，在哈佛那一年卻是他一生中「最興奮、最有意義、最難忘的一年。」

*

他就是後來的台積電董事長張忠謀。在哈佛那一年，除了物理、數學、化學外，他還選了英文與人文（西洋文化與歷史）兩門課，前三門課他駕輕就熟，反而是後兩門課讓他吃足了苦頭（譬如兩天就要讀五章的荷馬史詩《伊里亞德》），但也因此使他終身受用不盡，不僅讓他開始以英文為主語，用英文思考和表達，而且對西洋文化有了較全面的了解，大大開拓了他在人生和商場上的視野。

如果沒有父親和三叔給他的規勸，也許就沒有今天的張忠謀。每個人的人生旅程都不一樣，從張忠謀的身上我們看到，在決定未來方向時，聽聽長輩們的意見也是不錯的，因為他們的人生經驗比較豐富，會考慮一些我們沒想到或認為不重要的面向；只要沒有什麼大妨礙，對我們總是利多於弊的。

山毛櫸樹上的女泰山

當她十歲時，外婆把莊園裡的一棵山毛櫸樹送給她做為「生日禮物」，從此她就和這棵樹有了特殊的感情，甚至決定了她往後人生的方向……。

在英格蘭南方的一座莊園裡，一位少女從學校回來後，總喜歡帶著家庭作業爬上她最鍾愛的一棵山毛櫸樹，在樹上做功課。

她原來和父母住在倫敦，為了躲避戰爭而搬到外婆的莊園來，戰爭結束依然住在這裡。她很喜歡鄉間的生活，因為這能夠讓她更接近大自然。當她十歲時，外婆把莊園裡的這棵山毛櫸樹送給她做為「生日禮物」，從此她就和這棵樹有了特殊的感情。

她喜歡爬到樹的高處，棲息於樹頂，感覺到自己是樹的一部分。微風吹動時，在搖晃的樹枝上聽著葉子的窸窣聲或嘹亮而清晰的鳥啼聲。有時候，則把臉貼在樹幹上，感覺到山毛櫸的生命之液在粗糙的樹皮下緩緩流動著。

她經常自己一個人在樹上思考塵世的種種和自己的未來。在三十呎高的樹上，她讀完了所有的泰山故事，瘋狂地愛上這位叢林之王，並對他身邊的珍產生莫名的妒意。她闔上書本，遙望著遠方，渴望有一天也能到非洲去。

＊

她名叫珍．古德。高中畢業，在社會工作數年後，一個知道她熱愛非洲的高中同學來信邀她去肯亞（同學的父親在肯亞買了農場），她欣然前往。在肯亞，她先是參加了人類學家李基的挖掘化石工作，後來更接受他的一項研究計畫——獨自到坦桑尼亞的貢貝河自然保護區去研究黑猩猩。這個特殊的經驗，使她因此成為世界首屈一指的黑猩猩與動物行為學家及熱心的生態保育人士。

珍．古德自己說她之所以會喜歡叢林，前往非洲，跟她少女時代的經驗有非常密切的關係，如果再追溯她父親在她兩歲生日時送給她一個猩猩布偶當禮物，那麼兩份特殊的生日禮物——猩猩與山毛櫸樹，似乎奇妙地預言了她未來的人生。

每個人都會有一些特殊的稟賦、興趣和經驗、際遇，它們就好比是上蒼賜給我們的禮物。可惜的是，多數人終其一生都未愛惜、善用這些禮物，甚至連打開瞧一瞧都沒有，而坐令它們黯然離去；珍．古德令人羨慕的是，她很早就接收了這些禮物，珍惜、善用它們，而且回饋給世人另一份更豐厚的禮物。

在檀香山，為「我是誰」而苦惱

他融合了自己身上看似彼此衝突、矛盾的成分，他的成功不是「製造對立」，而是「從對立中製造和諧」……。

一九七〇年代，在檀香山一所私立中學裡，一個十六歲的少年經常鬱鬱寡歡，當情緒跌落谷底時，他就藉藥物來麻醉自己。他的處境的確很糟，複雜的血統和成長背景，使他無法得到同儕的認同。

他母親是來自堪薩斯州的白人，父親是來自非洲肯亞的黑人，兩人在夏威夷大學認識而結婚。但父母在他兩歲時就離異，記憶中「父親的皮膚像瀝青一樣黑，而我的母親卻像牛奶一樣白」，母親後來又嫁給一個來自亞洲印尼的留學生，他六歲時隨母親與繼父遷居到印尼的雅加達，四年後才又回到夏威夷，和外祖父母住在一起。

就是這樣複雜的身世讓他感到迷惘，而經常在白人與黑人的身分間搖擺不定，「我是誰？」的問題讓他苦惱萬分，再加上青春期的躁動，終於使他藉藥物來麻醉自己，在它們所製造的暫時幻象中尋求解脫。

但幸好幻象是暫時的，徬徨也是暫時的。高中畢業後，他先到加州、再轉往紐約念大學，然後到芝加哥從事社區工作，慢慢發現自己人生的方向；隨後又到哈佛大學法學院就讀，成為民權律師，最後走上了從政之路。

*

他，就是第四十四任美國總統巴拉克．歐巴馬，也是首位同時擁有黑、白血統，童年在亞洲成長的總統；他在競選時喊出的一個口號是「重新聯合分裂的美國社會」。

在青少年時代讓歐巴馬感到迷惘與痛苦的身世，到後來卻成為成就其輝煌人生的一大助力，就像巴特所說：「巴拉克具備一種消弭分歧的能力，這種能力來自他的成長背景：他在白人家庭長大，但人們把他當作黑人看待。他必須接受並適應這種身分對立，正是這種對立造就了他。」歐巴馬融合了自己身上看似彼此衝突、矛盾的成分，他的成功不是「製造對立」，而是「從對立中製造和諧」。

亞里斯多德說：「自然是用對立的東西來製造和諧，而非用相同的東西。」每個人的心中都有各自的矛盾、衝突和對立，弱者向下沉淪，靠藥物或享樂來麻醉自己；而強者則向上提升，調合這些矛盾，開創更美好、和諧的新局。

他筆試第一，體格丙下

也許因為自覺體格差人一截，所以他在入學後，對體操課程特別認真。在學生宿舍裡，他更是每天一大早起床後就去吊單槓、做棍棒體操，然後洗冷水澡……。

一八九九年，日本人在台北設立「台灣總督府醫學校」（為現在台大醫學院的前身），是當時台灣的最高學府。在一九〇九年的入學考試中，有一位來自淡水的十七歲考生筆試獲得第一名，但在身體檢查時，體格卻是「丙下」，也就是不及格。

在校務會議中，有很多老師認為這位考生的學業成績雖然很好，但「如此的體格恐怕無法完成學業」，所以想要淘汰他；幸賴當時的代理校長長野純藏覺得這樣太可惜了，主張「讓他入學試一試」，他才順利入學。

也許因為自覺體格差人一截，所以他在入學後，對每個禮拜二至四小時的體操課程特別認真，每一學期的體操成績都是八十五分或九十分。在學生宿舍裡，他更是每天一大早起床後就去吊單槓、做棍棒體操，然後洗冷水澡，即使在寒冷的冬天也都洗冷水澡。遇到假日，則到郊外遠足，有一年暑假，還從台北徒步到彰化去找同學。

在持之以恆的鍛鍊後，他的體格已不遜於其他同學，而學業成績更一直名列前茅，在一九一四年以第一名的成績畢業。

*

他名叫杜聰明，後來留學日本，成為台灣第一個醫學博士，歷任台大醫學院及高雄醫學院院長等職，更是世界知名的鴉片與蛇毒專家。不只身體硬朗，而且活了九十三歲，這可能都要歸功於他當初進入醫學校時，「警覺」到自己的體格不如人，而加強鍛鍊自己的身體，並且在畢業後仍每天做棍棒體操、洗冷水澡，數十年如一日。

有人說健康的身體是「1」，而能力、夢想、財富、愛情、地位等則是「0」，要先有健康的身體，跟在後面的「0」才能顯出意義；沒有做為前導的「1」，那後面再多的東西也依然只是「0」。健康不只是最大的資產，更是唯一的資產：因為沒有了健康，其他資產也都跟著化為烏有。

英國哲學家培根說：「健康的身體是靈魂的賓館，生病的身體則是靈魂的監獄。」很多人仗著自己年輕力壯，焚膏油以繼晷，任意揮霍自己的健康，這其實是最得不償失的行為，因為健康一旦失去，就很難再挽回。

痛恨希臘文與唱歌的人

當他興沖沖地去報考一家技術學院時，卻因為語文和生物等科的分數很低而落榜了，幸好校長發現他的物理和數學分數奇高，而通融他……。

在德國慕尼黑一所高中的某間教室裡，老師正在教希臘文，一個坐在後排的學生卻心不在焉，而且悶悶不樂。家人不久前都搬到義大利去了，只留下他一人在此上學；他對學希臘文一點興趣也沒有，也聽不懂老師在說什麼；這位老師更奚落他，說他的存在破壞了課堂上「應有的尊嚴」，勸他別浪費時間，及早離開學校才是上策。

他真的離開了學校，到義大利和父母會合，然後去報考瑞士一家不必高中文憑的技術學院，但卻因為語文和生物等科的分數很低而落榜了，幸好這所技術學院的校長和一位物理教授發現他的物理和數學分數奇高，而且只有十六歲，於是要他再去讀一年高中，等畢業了即可直接入學，不必再參加令他頭痛的考試。

於是父母安排他在瑞士的一所高中繼續他的學業，但一看到課程表裡有歌唱、體育和軍訓課，他又心裡發麻，因為他最痛恨在大家面前唱歌和做運動，也對軍訓懷有敵意。幸好後來發現歌唱和體育只是選修，外國人也不用上軍訓課，他才鬆了一口氣。在這所高中的成績，他依然是「高低兼備、好壞雜陳」，但總算畢了業，不久也順利進入那所技術學院就讀。

＊

他就是阿爾伯特．愛因斯坦，後來就讀的即為蘇黎世技術學院。在從技術學院畢業，到瑞士專利局工作期間，他發表了關於「相對論」等論文，也獲得一九二一年的諾貝爾物理獎，並被譽為二十世紀最偉大的物理學家。

如果當初不是蘇黎世技術學院的校長和教授慧眼識英才，特別通融，愛因斯坦很可能會因為「分數」問題而被拒於學院門牆之外，而且所謂的入學「分數」，指的通常是「各科總分」。學校教育希望每個人又會物理、又會寫詩，既能唱歌、又能打球；也就是想將每個學生都培養成「全人」或「全才」。但對很多人來說，這樣的「教育理想」其實是一種「折磨」。

每個人都有自己不喜歡或學不來的科目，如果你因此而受人奚落、而陷入苦惱，那就讓愛因斯坦來安慰你吧！

因為無聊，所以豐富

在單調、平凡而又無聊的郊區生活中，他靠著一部八厘米攝影機，發揮自己的想像力，不只增加生活情趣，化敵為友，而且……。

有一個男孩子，在十二歲時成了他家的「家庭攝影師」，先是用八厘米攝影機記錄家人的生活，不久，就開始實驗各種特殊效果，譬如夜空中的異光、玩具火車的撞毀等；後來更開始編排情節，自己搞起剪輯和配音來。

為了滿足這位「小導演」的少年夢想，他爸爸、媽媽和三個妹妹都成了隨喚隨到、免費而忠實的演員。有一次，他母親還用壓力鍋悶煮三十罐櫻桃，讓它爆開來，將廚房噴得「血淋淋」，好讓他能拍些「非常恐怖的理想畫面」去參加攝影比賽，而他也真的奪得了獎章。

十五歲時，他就完成了四十分鐘長度的作品——《無處可逃》，後來又拍了十幾部作品，經費都來自他利用假日打工所得。他甚至利用攝影將班上經常找他麻煩的一個大塊頭變成他的好友兼保鑣。方法是有一天跟對方說：「我正在拍一部打擊納粹的片子，想請你當裡面的戰鬥英雄。」對方在大笑之後答應了。他讓那個大塊頭穿著軍服、戴上鋼盔、背著背包，飾演游擊隊長；大塊頭演得很賣力、很愉快，兩人因此而成為好友。

*

他就是後來成為國際知名大導演的史蒂芬·史匹柏，他所拍的《大白鯊》、《第三類接觸》、《ET》、《侏羅紀公園》、《辛德勒的名單》等電影都叫好又叫座，充滿想像力。史匹柏的輝煌表現跟他在青少年時代的經驗及家人對他的支持鼓勵當然有密切的關係，但更重要的也許是史匹柏自己說的：

「我現在的成就和我居住、成長的地方——亞利桑納州鳳凰城的郊外——有很大的關係。郊居生活平淡無奇，你必須自己去製造樂趣。我在十二歲時，為了要打發無聊而開始學攝影……我發現我可以利用創造一個故事，來為我自己創造一天或是一整個星期的快樂。我想這也是作家寫作的原因——這樣他們就可以改造世界。透過攝影、透過想像，我發覺我什麼都可以做，住什麼地方也都無所謂了。」

不要怪你住的地方偏僻、沒有生氣，也不要怪你的生活平淡無趣；要怪只怪你不會像史匹柏，以豐富的想像力為自己創造精采的故事。

一雙釘鞋的沉重與輕盈

父親是路邊的補鞋匠，母親在幫人家洗衣服，家裡哪有錢去買昂貴的釘鞋？她失望而難過地哭了……。

多年前，在新竹市有一個初中一年級的女生，經常在下課後到東門國小的操場跑步、跳高。她很喜歡田徑運動，小學五年級時，就代表學校參加新竹市運動大會，勇奪跳高比賽的金牌。

在東門國小的操場，她認識了一些省運的選手，很自然地跟著他們一起練習。有一次，一位選手在測量她跑步的速度後，對她說：「如果你有一雙釘鞋，跑起來能快上一秒，那就會成為全國第一。」

她回家後，興奮地告訴父親這件事，說她想買一雙釘鞋。但父親卻愁眉苦臉嫌釘鞋太貴——「買不起！」的確，她家境清寒，父親是路邊的補鞋匠，母親在幫人家洗衣服，哪有錢去買昂貴的釘鞋？她失望而難過地哭了。孰料吃完晚飯後不久，父親就要姊姊帶她去功學社買釘鞋。原來父親看她在哭，自己心中覺得不忍，所以臨時向人家借了錢，自己再多吃些苦，也要讓女兒有跟人家一樣的釘鞋，跑出更好的成績。

在獲得夢想中的釘鞋，知道父親的苦心後，她感到既溫暖又歉疚，下定決心要更努力，絕不能辜負父親的期待，將來一定要在田徑場上揚眉吐氣。

*

她就是紀政，後來在田徑場上叱吒風雲，不僅在一九六八年的墨西哥奧運奪下女子八十公尺跨欄短跑的銅牌，隨後更創下多項紀錄，成為「地球上跑得最快的女人」，並有「飛躍的羚羊」之美譽。

在真的揚眉吐氣後，紀政說：「我在田徑上的任何成就，第一個要感謝的，就是貧困的時候還能全力支持我的父親。」事實上，紀政小時候對家裡的貧窮深感自卑，而不敢在同學面前提起父母的職業，但直到自己有了傑出的表現，受到社會的肯定後，心情才豁然開朗，也才深刻體會到父母的偉大。

美國詩人哈利．肯普說：「窮人不是沒有錢，而是沒有夢想的人。」只有一種方法能讓你不以出身貧窮為恥，也不會因此而怪罪父母，那就是讓自己成為「英雄」，因為英雄「不怕」出身低。

觀察入微的瑞士少年

日內瓦的一家博物館寫信給他，邀請他去當博物館的部門主管。但他只能婉言拒絕，因為當時他連高中都還沒畢業……。

瑞士有一位少年，在十歲時，人家送給他一隻白雀，他天天逗著白雀玩，然後把觀察這隻白雀的結果寫成一篇報告，寄給瑞士一本自然研究期刊，想不到這份專業的刊物居然刊出了他的文章。

後來，他對軟體動物產生濃厚的興趣，經常去造訪他家附近的一家博物館，而成為這家博物館軟體動物收集專家的學生。當這位專家去世後，遺言把個人收集的所有軟體動物都送給他，他因此得到首次做有系統之科學觀察的機會，他把觀察軟體動物的心得寫成一系列論文，這些論文都在他十六歲之前發表。

因為這些論文，而使他成為瑞士學術圈內一位頗有名氣的軟體動物學家，日內瓦的一家博物館甚至還寫信給他，邀請他去當博物館的部門主管。他當然是婉言拒絕了，因為當時他連高中都還沒畢業。

*

他名叫尚．皮亞傑。十歲就在學術刊物上「發表」研究報告的，在科學史上可以說絕無僅有，由此我們也可以知道皮亞傑的觀察力是多麼敏銳。這種敏銳的觀察力又再度出現於他後來對兒童心靈世界的研究上。

在大學畢業後，從兒童智力測驗的研究工作中，他發現兒童有迥異於成人的觀念和思考模式，於是他開始「觀察」兒童，先是觀察他研究的對象，後來則集中在自己先後出生的三個孩子（一男二女）身上，像他過去觀察白雀及軟體動物般，對孩子們從出生到少年漫長過程中的一舉一動，做敏銳入微、有系統的觀察，然後結合他在大學時代的邏輯法則與哲學訓練，而形成一套革命性的「兒童心智發展理論」，不僅和佛洛依德的精神分析學說媲美，而且還成為結構主義哲學的先驅。

法國小說家普魯斯特說：「真正的發現之旅不是去尋找新的景觀，而是擁有新的眼睛。」有人要走遍全世界，才知道什麼叫做沙子；但有人卻從一粒沙子裡看到一個世界。「見多」固然能讓人「識廣」，但重要的其實不是你「看多少」，而是「怎麼看」。與其像無頭蒼蠅四處亂飛，不如培養自己觀察入微、仔細品嘗的能力。

放棄踢足球的演說家

在深入分析後，他才發現自己真正渴望的並非成為足球明星，而是足球明星所帶來的名聲和喝采。也就是說，他渴望的其實並非「足球」，而是「明星」……。

有一位少年喜歡看足球賽，看到足球明星在比賽時的勇猛表現，特別是受到觀眾英雄般的歡呼，更讓他如痴如醉，於是他立志要當一個足球明星。

當他把這個目標告訴他參加的球隊教練時，教練看著他孱弱的身體，說那無異是痴人說夢。但他不信邪，開始收集有關足球的各種資訊，自行規劃如何讓夢想成真，而就在深入分析後，他才發現自己真正渴望的並非成為足球明星，而是足球明星所帶來的名聲和喝采。也就是說，他渴望的其實並非「足球」，而是「明星」。

當他把重點轉移到「明星」上頭時，那就不一定要踢「足球」了，而且那位教練說的一點也沒錯，他實在不是踢足球的料。想獲得名聲和喝采有很多途徑，而自己最擅長的是什麼呢？他左思右想，覺得自己還算能言善道，如果他將這種才能用在演講上，只要表現傑出，那不是同樣可以獲得大家的喝采嗎？於是他改弦易轍，不再做足球明星夢。轉而在演講上下工夫，結果獲得非凡的成功，

＊

他名叫戴爾．卡內基，後來果然成為世界知名的演說家，演講場場爆滿，聽眾的掌聲不斷，他也因此而得到很大的滿足和快樂。為了提供企業及個人教育，他所創立的「卡內基訓練課程」如今已遍布世界各地。

沒有目標的人生就像沒有羅盤的航行，每個人的人生都應該有個追求的目標。目標既定，似乎就應該奮力朝目標邁進，不必再瞻前顧後。但問題是這個目標往往是來自羨慕「別人」或被「別人」所灌輸，並不見得適合自己；即使是自己「心嚮往之」，卻也可能不是自己真正想要的。你渴望的通常不是某種工作或角色，而是它們背後的另一種東西；譬如一個人真正渴望的並不是「當醫師」，而是想救世濟人、賺大錢或擁有崇高的社會地位。但不管是想當足球明星、演說家、醫師或畫家，都只是滿足你內心更基本渴望的一種工具、手段或媒介而已。

卡內基以切身經驗告訴我們，先認清自己真正渴望的是什麼，再決定以什麼可行的方式去實現它，才是真正的幸福之道。

我們家不許有膽小鬼

她不只功課好，還熱衷教會和女童軍活動，積極參加讀書會、運動會，策劃成立跳蚤市集，還寫信給美國太空總署，希望能接受太空人訓練……。

在芝加哥近郊的高級住宅區，一個國中女生喜孜孜地將她的成績單拿給父親看，她所有的科目都拿了A。父親在看了後，雖然也很高興，但卻笑著說：「你們學校一定是教得太簡單了！」他希望女兒不能以此自滿，而要有較高的自我要求。

父母從小就教導她要有清晰的自我概念，要有自己的主張。小時候，她被一個叫蘇西的女孩欺負，哭著回家，母親告訴她：「如果蘇西打妳，我允許妳還手。妳必須學會保護自己，我們家不許有膽小鬼。」說著把她推出門。於是她去找蘇西挑戰，結果打贏了回家，蘇西不但不怪她，還因此而願意和她做朋友。

她不只功課好，還熱衷教會和女童軍活動，積極參加讀書會、運動會，策劃成立跳蚤市集，並將在各種活動中的募款所得捐給慈善機構，而上了報紙成為新聞人物。

她也寫信給美國太空總署，希望能接受太空人訓練。

她更關心政治社會議題，到貧民區去做選舉意見調查、和黑人青少年團契交流，也去聽民權運動領袖金恩的演講。高二時，她擔任學生自治會副會長，轉學後，又擔任團康活動委員會會長，磨練自己的領導能力。

*

她名叫希拉蕊．黛安．羅德漢，很多人知道她是因為她是美國總統柯林頓的妻子，柯林頓卸任後，她又當選參議員，更進而與歐巴馬角逐民主黨總統候選人資格，雖然敗北，但旋即出任歐巴馬政府的國務卿。

其實，希拉蕊的功成名就不是靠丈夫，而是靠自己。從小就表現不凡的她，高中畢業後進入衛斯理女子學院，擔任學生自治會會長，積極參與當時的反戰學生運動，並成為第一個在衛斯理畢業典禮上致詞的畢業生；後來還成為有名的羅斯律師事務所的第一位女性合夥人。年輕時候，她曾為了丈夫的「政治前途」而自我犧牲了不少東西。

不管你是女人還是男人，想要有表現就要靠不斷的自我磨練，而挑戰就是最好的磨練。不只挑戰自我，更不要怕挑戰別人；為了維護自我而提出或接受挑戰，不只自己無憾，更能贏得對方的尊敬。

愛在青春困頓時

他在信裡說：「假如有朝一日我擺脫了沒沒無聞的境遇而名揚天下，那麼這一切全是為了她……。」

一個十七歲的青年，因為朋友的邀約，而到一位銀行經理的家中作客。第一次上門，他就立刻被銀行經理女兒瑪莉亞的風采所吸引，為了親近佳人，他以後即經常去串門子，而瑪莉亞對他似乎也有愛意，這讓他更加神魂顛倒。

高貴的瑪莉亞讓他自慚形穢，因為他當時只是法院裡一名卑微的速記員，為了「配得上她」，或在他偉大的夢想中希望將來能給她一個「安樂窩」，他決定改變自己低下的社會地位，賦予自己一個新的人生目標，於是他以無比的熱情到圖書館勤奮閱讀，並在報社謀得一份記者的工作。

每當他在深夜兩、三點離開報社時，他總是會彎個路到隆巴德街，看著其中睡著瑪莉亞的那棟房子，心中湧現各種遐想。他寫了好幾封給瑪莉亞母親想向她女兒求婚的信，其中有一封說：「假如有朝一日我擺脫了沒沒無聞的境遇而名揚天下，那麼這一切全是為了她；假如有朝一日我能攢聚黃金萬兩，那也只不過是為了把它們奉獻在她腳下。」但所有的信都被他撕掉了，他一封也不敢寄出。

*

這個痴情的青年名叫查爾斯．狄更斯，後來他終於鼓足勇氣向瑪莉亞傾訴衷腸，但得到的卻是「當頭一棒」。在一番痛苦的掙扎後，他把心思專注於記者的工作，然後開始在報紙寫隨筆，進而發表小說，他所寫的《塊肉餘生錄》（又名《大衛．考伯菲爾》）、《雙城記》等都是不朽傑作。雖然沒有贏得瑪莉亞的芳心，但他卻「收之桑榆」，因為愛情的激勵而出人頭地、名揚天下。

在狄更斯成名後，瑪莉亞又和他聯絡上了，雖然時過境遷，兩人已無法重燃愛苗，但狄更斯仍充滿懷念地在信中告訴她：「在我一生中最天真、最熱情、最無私的歲月裡，妳一直是我的太陽。……我一直確信不疑地認為，當年我在為改變自己的貧窮和沒沒無聞的處境而奮鬥的時候，有一個想法一直給我力量，那就是我對妳的愛和思念。」

青春期的戀情並不見得會有結果，但它最唯美、最讓人懷念的部分，就像智利詩人聶魯達的詩：「我說愛，世界便群鴿起舞。」

輯二——閱讀自己的少年哲學家

青春，是讓人成為富有的最佳時機，也是讓人淪為貧困的最佳時機。

——優里匹底斯

星期一（格林尼治 2017）

駝背又害羞的乖乖牌

他考大學第一年以六分之差落榜；第二年重考，又以一分之差落榜。家人找不到他，到海邊只看到他的腳踏車，還以為他想不開而跳海輕生了……。

有一個人，從花蓮到台南，一共念了四所小學，最後念的是注重升學、對學生嚴加督導的學校，他經常因考試成績不理想而被打，結果初中考上第二志願，他後來的妻子知道後，說：「打這麼多還沒考上第一志願，也真夠笨的。」

念初中時，雖然不太喜歡讀書，但成績還算中上，屬於「乖乖牌」，因個性溫和，對任何人都沒有威脅，所以同學都很喜歡他。高中聯考考上南二中（後來轉學到南一中），還沒去念，在當校長的父親也許是想讓他及早知道自己的性向或未來的方向，興沖沖地拿一份大學聯考各組的志願表給他看。他看了看，就知道自己不是讀理工醫農的料，但文組的外文、法商、新聞、外交等科系，又讓他覺得沒啥意思。

喜歡看電影的他，對父親說：「這些我都不喜歡，我想當導演。」導演？這可是當時大學裡沒有的科系，家人聽了都一笑置之。他念南一中時，天天補習，但成績都落在二、三十名之外，他在學校裡變得駝背又害羞，老躲著一個人——當校長的父親。

他大學考的是丁組（法商），第一年以六分之差落榜；第二年重考，又以一分之差落榜，家人找不到他，到海邊只看到他的腳踏車，還以為他想不開而跳海輕生了。

*

他就是李安。聯考二度落榜後，他放棄了大學夢，轉而準備專科考試，結果反而考得不錯，進了藝專影劇科。後來到美國留學，以第一名畢業於紐約大學的電影研究所，在家當了六年「家庭主夫」後，終於以《推手》、《理性與感性》、《臥虎藏龍》、《斷背山》等電影成為世界知名的導演。

李安在考上藝專影劇科後，第一個打電話給他以前讀花師附小的校長，因為這位校長當年曾看出他的稟賦和興趣所在，對他父母說：「你這個孩子將來可能走第八藝術！」他因此而把這位校長當做自己的「伯樂」，從這件事即可知道，為了父母和社會的期待，為了考大學而一再補習，對他來說是何等的寂寞、無奈和折磨。

條條道路通羅馬。地球上只有一個羅馬，但每個人心中都各有他的羅馬；只有你的興趣所在，才是你的羅馬——你可以抵達的羅馬。

理髮店裡的青年投資客

原本預期會成功，但卻事與願違，遇到了挫折，於是他分析失敗的原因，擬訂新的策略，尋找新的目標……。

美國有一個高中生，除了學習學校的課業外，心裡想的就是如何賺外快。有一天，他發現有一台二手彈珠台，心想如果將它租給他知道的一家地點很好、顧客也很多的撞球場，自己就可以坐收租金；於是用三十五美元將它買下，誰知道撞球場的老闆卻說他們已經有了四台彈珠台，沒有空間再擺了。

但他並不氣餒，他認為那是撞球場老闆怕他的彈珠台會「分走」原來的生意，所以才找個託詞拒絕他的。於是他轉而去找地點好、客人多而又沒有「競爭」關係的目標，後來他相中了撞球場附近的一家理髮店，向老闆提出比付租金更誘人的合夥條件，在他的遊說下，老闆欣然同意。

合夥條件是將彈珠台放在理髮店裡，給等候理髮的客人付費玩耍，收入的百分之八十歸他，百分之二十給理髮店老闆。因為這家理髮店的客人很多，他第一個禮拜就有七十美元的收入。於是他又去買更多台二手彈珠台，以同樣的合作模式去找更多的合夥人，每個月就有二百美元的固定收入。幾個月後，他又有了新的賺錢點子，而以一千二百美元的代價將這項業務轉讓給他人。

＊

他名叫華倫．巴菲特，從小就很有商業頭腦的他，在二〇〇八年以六二〇億美元的資產成為世界首富，這些資產主要都來自他睿智的投資。世人雖封他為「股神」，但股票只是他一部分的投資而已，巴菲特從小就表現出非常多元化的投資與經營策略，除了「合夥投資彈珠台」外，十四歲時，他還以兩份送報工資存下來的一千二百美元，買下了四十英畝的土地，並把這些土地轉租給佃農。

其實，賺錢並非巴菲特的主要目的，他說：「我享受過程更甚於結果。」從他投資彈珠台的過程中，我們可以看到他成功的模式：先擬出一套計畫或策略，如果事與願違，遇到挫折，那就去分析失敗的原因，重新擬訂新的策略；而在嘗到成功的果實後，又去找新的目標，面對新的挑戰。不只賺錢，其他目標也都是如此，最重要的是「享受動腦筋、花心血去克服困難，證明自己可以成功的過程」。

火車上的垂釣者

高二暑假，在露營、釣魚、野外求生的歸途，坐在火車上的他，看著車廂內的印地安少女和伐木工人，開始在腦裡編織一篇動人小說的情節……。

在美國和加拿大邊界的曼西羅納小鎮，一個帶著露營裝備與釣具的青年，在等了七個小時後，終於搭上前往匹托斯基的火車。在車上，他以欣賞的眼光看著坐在對面的一個印第安少女，一邊回味這次暑假釣旅中的趣事：

他是個高二的學生，放暑假第二天就和一位好友帶著營帳、毛毯、炊具、斧頭、釣竿、地圖等，沿著曼尼斯提河到熊溪，在一處風景絕佳的地點紮營，他釣到兩尾鱒魚、殺死一條水蛇。在波德曼，他們一早就因河水暴漲而驚醒，匆忙逃往上方的水壩，在大雨中抓到兩條鯉魚，隔天把魚賣給一對老夫婦，換得一夸脫的牛奶。然後坐火車到卡爾卡斯卡，再徒步前往湍急河，因為毯子濕了，他們在一座水力發電廠過夜。他一夜未眠，坐在靠河邊的窗戶旁釣魚。隔天，在一個伐木工地用餐後，他和好友分手……。

對面的印地安少女似乎也陷入了沉思。他轉而和一位男乘客聊天，攀談之下才知道對方是從亞爾巴來的伐木工人。愉快的交談讓他忘記旅途的勞累。當晚，在匹托斯基的一家小旅店，他將數日來的經歷整理出一個脈絡，並在日記裡寫下他構思的一篇小說的綱要：「曼西羅納。雨夜。外貌強悍的伐木工人。年輕的印第安女孩。他將女孩殺了。自己也自殺了。」

*

這個高中生，就是後來寫出《戰地鐘聲》、《老人與海》等名著而獲得諾貝爾文學獎的歐奈斯特．海明威。他是個寫實主義者，小說充滿動感，就像前面那個小說綱要，大部分是由個人的經驗渲染而成。寫小說一向被認為是比較文靜、內向的活動，但海明威不僅熱愛釣魚、露營等戶外活動，更喜歡拳擊，在青少年時代，他幾乎同時愛上了拳擊與寫作，而且終其一生，鍾愛無減。

海明威有一篇充滿寓意的小說，叫做《蝴蝶與坦克》，藉由這篇小說和他的人生經驗，海明威告訴我們：蝴蝶是柔美的，坦克是粗獷的，但柔美與粗獷不僅可以同時並存，而且還能產生一種奇妙的和諧。從學生時代開始，他就兼容並蓄這兩種看似互相衝突的特質和活動，結果使他的人生比大部分的人都來得更加多彩與豐饒。

用科學反駁孟子

在演說中，他特別提到孟子所說的「人性之善也，猶水之就下也；人無有不善，水無有不下」是違反科學的……。

一九〇六年，在上海澄衷學堂，一個十五歲的學生熱愛知識，而且關心時事，積極參與各種活動，他是學校內很多學生社團像自治會、集益會、講書會等的發起人或負責人，也當過班長。曾因班上一個同學被開除，他以班長的身分向校長提出抗議，結果被記大過一次。

有一次，他在自治會演說，題目是「論性」，他反駁孟子的性善主張，也不贊同荀子的性惡說，而認為王陽明所說的「無善無惡，可善可惡」才是對的。他特別提到孟子所說的「人性之善也，猶水之就下也；人無有不善，水無有不下」是違反科學的——當時正在讀英文版 The Science Readers 的他活學活用，在演說裡指出，水的性質是保持水平，水會向下流是因受地心引力影響，而高地的蓄水塔則可讓自來水管裡的水向上流；如果人性像水，那麼應該是無善無惡、可善可惡的。所以孟子錯了，最少是做了不恰當的比喻，王陽明說的才比較有道理。

這樣的演說很受同學們的歡迎，而他也很得意，所以後來又以「慎獨」及「交際之要素」等為題演說，將自己的思考心得與同學分享，並訓練自己的口才。

*

他就是後來倡導新文學運動，並成為世界知名學者的胡適。胡適在澄衷學堂的時間雖然只有兩年，但卻是他成長過程中一個非常重要的階段，就是在這個時候，他開始使用「胡適」之名（他原名胡洪騂），而這個「適」就是來自達爾文的「物競天擇，適者生存」這句名言。當時的他深受嚴復所譯《天演論》及梁啟超「新民說」的影響，有著滿腔想要「振衰起敝、救亡圖存」的熱血，他在澄衷學堂裡的活躍，可以說就是這種熱忱的表現。

一個十五歲的少年敢公開反駁孟子，顯示胡適對權威的無所畏懼，但如果因此而認為他鄙夷傳統，那就大錯特錯。事實上，在當時的日記裡，胡適不僅記載了那次演說，更在其他頁面抄錄很多他所讀到的古聖先賢的名言警句，他是個認真看待並熱心學習傳統的學子，而對傳統提出批判，正代表了他的認真與熱心。

她做到了，因為她敢

當全家人餓著肚子發愁時，她就會自告奮勇到麵包店裡，低聲下氣讓老闆答應繼續讓她賒欠；或者到肉鋪去，甜言蜜語向屠夫要一小塊羊肉……。

在美國加州，一個十來歲的女孩子，有一天看見母親在暗自流淚，她問母親才知道原來母親辛苦織了幾件絨織品，但一向來往的店家卻不肯收買，母親為了生活沒有著落而憂心。她聽了，立刻提起籃子，戴著母親織的一頂絨帽出門，到每一家可能的商店去兜售，最後把每一件都賣掉了，而且價錢還比母親以往賣給那家店的還多出一倍。

她的家境清寒，家裡經常三餐不繼，當全家人餓著肚子發愁時，她就會自告奮勇到麵包店裡，低聲下氣讓老闆答應繼續讓她賒欠；或者到肉鋪去，甜言蜜語向屠夫要一小塊羊肉。對這類冒險性的使命，她總是樂意去做，雖然也會失敗，但在成功時，她就會帶著戰利品，高興地邊走邊跳舞回家。

她很喜歡跳舞，六歲的時候就主動找了幾個鄰居的小孩，教他們「手舞足蹈」；

後來更在家裡成立「舞蹈學校」，教小朋友跳舞。十二歲時，更和哥哥姊姊成立劇團，到各地巡迴演出。他們全家人經常聚在一起討論未來的計畫和夢想，而她最後的結論總是：「所以我們必須離開這個地方，在這裡我們永遠搞不出名堂來。」

*

她名叫伊莎多娜．鄧肯，後來被尊為「現代舞的開路先鋒」。她的舞蹈脫胎於大自然，純樸而又奔放；在忸怩作態、僵硬的古典芭蕾當道的環境中，她從舊金山出發，到芝加哥、紐約，再轉往倫敦、歐陸，飽受白眼、挫折與貧窮的煎熬，但她卻甘之如飴，最後終於美夢成真，讓世人為她的舞蹈藝術拍手叫好。

鄧肯的成功固然在於她的堅持理想，但在堅持理想之前有個更重要的因素是她敢於表達自我，勇於說出她對古典芭蕾的不屑看法。「家人當中，我算是最勇敢的」，就是這種「勇敢」使她能一馬當先地去賒帳、去遊說店家，更能不理會世人白眼，豪邁地舞出自己，爭取各種可能的支持。

「勇氣是讓所有其他優點攀爬的階梯。」美國劇作家盧斯說得沒錯，不管你有多麼偉大的夢想、有多麼優秀的能力，但若是像隻縮頭烏龜不敢放手去做，那一切都只是可笑的空想。

接受軍事訓練洗禮的感性

父親完全無視於他的氣質和興趣，硬逼他去讀軍校，想將他培養成一個威武的軍官。在身心飽受折磨之後，他終於病倒、退學……。

在布拉格，有一個瘦削、蒼白、文靜而有點神經質的男孩，小時候，因為母親懷念早逝的女兒，而將他當女孩子打扮，為他留長捲髮，還給他洋娃娃當玩具，一直到六歲為止。但他那當過軍官卻壯志未酬的父親，則在他十二歲時，就硬把他送到聖波藤的初級軍事學校，想把他培養成一個威武的軍官。

以勇猛、堅毅為訴求的軍事教育完全不適合於他，在耐心忍受四年強調紀律、敵視個性的住校生活後，他痛苦萬分，表達了不想再撐下去的願望。但他父親視若無睹，又將他轉到另一所軍事學院；結果在第五年，也就是他十七歲時，因為受不了嚴厲緊張的訓練與生活而病倒，他父親只好讓他退學。

從軍校退學後，他花了三年的時間補習進修，然後在二十一歲時考進布拉格大學，主修文學；後來又到慕尼黑大學研讀藝術史與哲學。

*

他名叫萊納．瑪利亞．里爾克，後來以《杜英諾悲歌》等詩作聞名於世，是文壇公認二十世紀最重要的德語詩人。成名之後的里爾克在回憶青少年時代的軍校生活時，曾說：「精神上的痛苦有甚於身體的痛苦。」他認為那段人生是造成他日後諸多心理困擾的原因（當然，有些困擾是小時候被母親「男扮女裝」所致）。

這固然表示父母的觀念和教養方式會對子女的身心健康與未來產生深遠的影響，但軍校生活對里爾克卻也非一無是處，我們讀里爾克的詩，很容易即能感覺出某種不一樣的味道，他的詩雖也是感性的，但卻是精確、簡潔而內斂的感性。換句話說，是一種經過「軍事訓練洗禮」後的感性，也是一種令人讚賞的獨特的藝術形式。雖然里爾克抱怨他的軍校生活是在白費時間與精力，但藝術評論家及精神分析家大抵認為，違反其志趣的軍校生活反而「平衡其極端的感性，使其思想更加精深，而開啟了他對人類困苦的特別了解」。

人生有很多經驗不僅不是出於自願，而且還讓人有無所逃的痛苦，但凡走過的必然留下痕跡，所有的經驗，不管多無謂或痛苦，都能成為建構自己獨特性的素材。

閱讀自己的少年哲學家

在到他鄉異地開始新的學習旅程後，他也開始寫日記，點滴記錄自己的想法。他在日記裡勉勵自己：「知識的領域廣闊無比，真理的探求永無止境……。」

在一間老房子的窗前，一個十四歲的少年花了十二天的時間，寫完自己的童年史，在結束的地方高興地寫了四行小詩：「生活是一面鏡子／我們努力尋求的／第一件事／就是從中辨認出自己。」

他即將離開家人，到普爾塔高等學校去就學。他知道這是自己人生的一個重要轉折點，所以在告別童年時，對自己的過去做了一次漫長的回憶與反省；然後懷著興奮與期待的心情，到他鄉異地開始新的學習旅程。

到了普爾塔高等學校後，他開始寫日記，點滴記錄他的想法。「從開始寫這本日記以來，我的心情完全改變了。當時我們置身於生氣盎然的盛夏，可如今，唉！我們已進入深秋；當時我是個低年級的小孩，現在卻已升上了高年級。……我的生日來了又去，我已經長大了──時光匆匆恰似春天裡的玫瑰，歡樂易逝彷彿溪流中的水沫。」

但在深切的反省後，他又重燃希望：「此時此刻，我覺得自己對知識、對世界文化充滿了強烈的渴求。這種衝動是由洪堡引起的，我剛剛讀了他的作品。但願他能像我對詩的熱愛那樣持久！」然後為自己擬訂了一個龐大的讀書計畫，他在日記裡說：「知識的領域廣闊無比，真理的探求永無止境。」

*

他名叫弗列特里希．尼采，也就是後來寫出《瞧！這個人》、《偶像的黃昏》、《查拉圖斯特拉如是說》等書的偉大哲學家。尼采曾說他二十五歲以前讀前人的偉大作品，二十五歲以後即開始「讀自己」，去傾聽自己的內在之聲，他的很多偉大著作都是來自這種內在之聲。其實，他在更早以前就開始「讀自己」，因為撰寫童年史和寫日記就是「讀自己」的最好訓練。

有很多各行各業的傑出人士，從青少年時代就養成了寫日記的習慣。寫日記不僅是在傾聽自己而已，它更是與內在自我的交談。透過這種傾聽與交談，你可以成為自己最知心的伴侶，更清楚了解自己的渴望與心情，並適時地對自己提出最溫馨的規勸和勉勵，日積月累，即能讓你成為更好的自己。

要賣米就要這樣賣

他主動出擊，不僅挨家挨戶去推銷自己乾淨的大米，而且還免費替客戶淘陳米、洗米缸，為客戶提供個性化服務，並收集與用米量相關的各種資訊……。

台北近郊有個少年，小學畢業後，先到附近的茶園當雜工，後來又遠赴嘉義的一家米店當學徒。十六歲時，他靠父親向別人借來的錢，自己在嘉義開了一家米店。

開始時，生意很難做，因為多數家庭都有他們固定光顧的米店，新米店很難找到客戶。為了克服困境，他一方面提升自己販售大米的品質——當時因為加工技術落後，大米裡常參雜米糠、沙粒等，買賣雙方原本都見怪不怪，但他卻費心將米中的雜物撿乾淨，讓自己和顧客看了都滿意。

更重要的是他主動出擊，不僅挨家挨戶去推銷自己乾淨的大米，而且還免費替客戶淘陳米、洗米缸，為客戶提供個性化服務。在將米倒進米缸後，他會詢問客戶一家有幾口人、每人飯量多大、一天大概用多少米以及米缸大小等等，一一記錄下來，然後對客戶說：「下次不必勞煩您到我店裡去，我會主動送米過來。」

有了這些資料後，他估算出顧客米缸裡的米快用完前兩三天，就真的主動把米送過來。透過這種服務方式，他的顧客愈來愈多，不到一兩年，營業額就增加了十幾倍，最後自己開起了碾米廠。

＊

他就是王永慶。在碾米廠成功後，他又開了磚瓦廠、木材行，後來更籌資創辦「台灣塑膠公司」，生意愈做愈大，事業版圖從石化業擴及電子、醫療等領域，而被譽為「台灣的經營之神」。

對於自己的成功，王永慶說：「貧寒的家境，以及在惡劣條件下的創業經驗，使我年輕時就深刻體會到，先天環境的好壞不足喜，亦不足憂，成功的關鍵完全在於一己的努力。」這個「一己的努力」是不管做什麼，都要將品質做到最好，而且要主動出擊、收集各種有用的資訊，擬訂有效的策略，對客戶做最完善的服務。

王永慶十六歲在賣米，已當了老闆；你十六歲在讀書，還是個學生；看起來似乎差很多，但要當個成功的米店老闆跟做個成功的學生，道理是完全一樣的，就是要收集各種有用的資訊、主動出擊、將事情做到最好。

一個送報生的趣事

他打扮成林肯的模樣來到學校，還在教室裡發表蓋茨堡演說，同學們都拍手叫好。校長一時興起，還帶他到每一班去「巡迴」演出……。

在美國堪薩斯市的班騰文法學校，有一天，一個調皮的工讀生在一早送完報紙後，打扮成林肯的模樣——頭上戴著用紙板做的黑色大禮帽，嘴邊黏著從戲服店買來的假鬍子，還圍著一條圍巾——來到了學校。

同學們都好奇地看著他，校長也發現了。校長問他：「這位同學，你為什麼打扮成這樣？」他回答：「今天是林肯的生日，我要背誦他在蓋茨堡的演講。」然後他到教室裡表演得唯妙唯肖，同學們都拍手叫好。校長一時興起，就帶著他到每一班去「巡迴」演出，他也因此而樂不可支。

後來，他又和一位同學在學校的才藝表演中演出〈攝影藝廊內的趣事〉短劇：用一台特殊的照相機幫同學拍照，在按下快門時，照相機忽然噴出水來，將毫未提防的同學噴得一身濕，然後由他從照相機裡抽出一張那位受害同學的「寫真」——他事先畫好，藏在照相機裡的漫畫圖像。這個幽默而又極具創意的短劇當然也是贏得滿堂彩。他甚至和這位同學偷偷到堪薩斯市的「業餘者之夜」比賽裡演出短劇和喜劇。

*

他名叫華德．迪士尼，就是後來創辦「迪士尼公司」及「迪士尼樂園」的那個人。雖然他在成名之後說：「一切都從一隻老鼠開始」（二十多歲時，因一隻老鼠給他靈感，而畫出了《米老鼠》卡通），但在上中學時，他已表現出這方面的才華，〈攝影藝廊內的趣事〉這個短劇即包含了他後來事業的三個基本元素：演藝、喜劇與漫畫。

他假扮成林肯發表演說也許只是好玩，而校長柯亭漢對他的欣賞與鼓勵則讓他銘感五衷；畢業多年後，他還每年寄耶誕卡給校長。一九三八年，他更邀請還在當班騰校長的柯亭漢及母校的所有學生免費觀賞他出品的《白雪公主與七矮人》卡通電影。

華德．迪士尼說：「只要你好奇，你就會發現有一大堆有趣的事可做。」少年時代的他為了生活，經常在凌晨三點半就要起床，挨家挨戶去送報紙，但他卻不以為苦，因為他用他的好奇心找到很多有趣的事，並在後來把歡樂帶給所有世人。

當你把生活「變有趣」後，再困苦的生活也會「變容易」。

十年精讀一本書

在連一所學校都沒有的窮鄉僻壤，正值求學階段的他，沒有老師和同學，他能讀的只有家中那幾本書……。

在日本江戶時代，有一位少年，父親是幕府第五代將軍德川綱吉手下的一位醫師，當他十四歲時，父親因不忠的罪名而全家被流放到千葉縣的一處窮鄉僻壤。

他正值求學階段，但流放地根本沒有學校，他當然也就沒有老師和同學，更糟的是他家裡只有寥寥幾本書，唯一比較像樣的是一本《大學諺解》——以日文寫成，用來詮釋中國四書之一《大學》的讀本。

在貧瘠而孤獨的環境中，他能讀的只有家中那幾本書，遇到不懂的地方，也只能請教失意的父親。好學的他很快將《大學諺解》背得一字不漏，因為無事可做，他開始默寫《大學諺解》，先是直的默寫一遍，然後又橫的默寫一遍，每天反覆練習，真正做到滾瓜爛熟、倒背如流的地步。

直到他二十五歲時，父親獲赦，全家才又回到江戶（東京）。

他名叫荻生徂徠。在回到人文薈萃之地後，他原本以為自己會因「讀書不多」而難以出人頭地，想不到由於自己過去徹底地精讀《大學諺解》，使他不僅擁有閱讀中國古文原籍的能力，而且對文質微妙的變化有著比別人敏銳的感覺與趣味。他的漢學實力很快就壓倒了當時江戶的學者，不久即成為日本「古文辭學派」的創始人。

日本名作家夏目漱石的漢學造詣也很深，他晚年回憶說：「孩提時，我曾到聖堂的圖書館，專心摹寫徂徠的《蘐園十筆》，現在我希望有生之年能再度重覆當時的情景。」夏目漱石和荻生徂徠一樣，深厚的漢學根基都建立在反覆研讀少數幾本經典著作上，這就好像一個人只會一套拳法，但只要反覆精練，也可以成為一代大俠。

英國文學家艾迪生曾說：「閱讀之於心靈，就像運動之於身體。」對於運動，很少人會希望自己十項全能；但對讀書，很多人卻以為書是讀得愈多愈好，這樣才能顯出自己學識的淵博，但如果只是浮光掠影地淺嘗即止，那讀再多的書也是「船過水無痕」，受益有限。與其多讀不如精讀，仔細咀嚼、再三反芻，這樣才能充分吸收，成為自己的養分，這也是為什麼「讀五本普通的書，不如一本好書讀五次」的原因。

神在召喚一位富家女

經常坐著馬車四處旅行，周旋於王公貴婦、才子佳人之間的她，在十七歲的某一天，忽然覺得自己像聖女貞德般，聽到上帝對她的召喚……。

「一八三七年二月七日，神告訴我，祂將派遣我去做某件事。」一個十七歲的少女在她的《祕密筆記》裡留下這樣的紀錄——從幾年前開始，她就以隨手可得的紙張記錄當下的想法和心情，而且全部保存下來，那是比日記更直接的自我暴露與內在交談。

她出身英國上流社會，過著錦衣玉食的千金小姐生活，從少女時代開始，她就是社交圈的名媛，周旋於王公貴婦、才子佳人之間；經常坐著馬車四處旅行。但就在十七歲的那一天，她卻覺得自己像聖女貞德般，聽到上帝對她的召喚。

但匆匆過了兩年，在一八三九年三月，離開巴黎前夕，她的《祕密筆記》裡又出現這樣的記載：「為了要讓自己有資格成為神的僕人，我必須克服希望能在社交界引人注目的想法。」為什麼她沒有再聽到神的召喚？在自我反省後，她覺得那是因為她「一直沒有做出足以讓神再度召喚她的事，自己只是一味陶醉在歌劇、舞會的快樂裡」的關係。但這種社交名媛的生活顯然無法滿足她內心深處的需求，她知道，如果她想再度聽到神的召喚，那她就必須遠離聲色刺激，改變自己的生活。

*

她名叫弗羅倫斯·南丁格爾。在幾度內心掙扎後，她慢慢體認到神是要她去「服務人群」，然後在一八五三年，當她去參觀一家貧民女性醫院時，她終於又聽到神的召喚，明確告訴她「當一個護士」就是上帝派遣她去做的神聖工作，於是她不顧父母的強烈反對，洗盡鉛華，認真當起護士來。翌年，爆發克里米亞戰爭，她再度聽到神的召喚，而帶著三十八名護士到戰地醫院去照顧傷患，因為不眠不休地付出，贏得了「提燈女郎」的美譽，也為她的生命找到了意義，生活得到了滿足。

就像羅馬劇作家塞內加所說：「上帝就在你身邊，與你同行，在你心中。」所謂「神的召喚」，其實就是自己「良知的聲音」。我們內在的「良知」希望我們能做一個更好的人、過更有意義的生活；它的聲音雖然微弱，但除非你聽從了它，否則它的呼喚是不會停止的。

只記得「尿壺」與「屁股」

他說在費提茲中學念過的歷史教材中，他只記得《歐洲歷史》裡的一句話：「當義大利人緩緩地撤退時，奧地利人還緊握著尿壺不放」……。

在英國愛丁堡城外的費提茲中學，來了一個免付學費（有獎學金）的學生，因為這所學校是在他曾祖父的手上創建的，他父親和哥哥都曾是這所學校的古典學者和橄欖球校隊，他順理成章地進入這所寄宿學校，而且住在「高級」的學生宿舍裡。

他本來想追隨父親和哥哥的腳步，但氣喘的毛病卻剝奪了他在運動場上的表現，而只能在校園裡「行俠仗義」，制止壞學生欺負好學生。他對古典的希臘文和拉丁文一點興趣也沒有，卻喜歡現代史，但很快就發現老師教的歷史枯燥無味，而且課程裡竟然沒有美國史，好像美國是個不存在的國家。多年後，他說在費提茲中學念過的歷史教材中，他只記得《歐洲歷史》裡的一句話：「當義大利人緩緩地撤退時，奧地利人還緊握著尿壺不放。」

學校每個月都會請一位貴賓來演講，他說他最難忘的演講者之一是位退休海軍上將，在講述塞布律格戰役時，以宏亮的聲音粗暴地大吼：「現在，柏漢—卡特，開砲！把他媽的屁股給我轟掉！」

*

這位學生名叫大衛．奧格威，顯然不是什麼好學生；後來在就讀牛津大學時，就因為成績太差而被退學。被退學後幹過很多事，在巴黎當過廚師，在蘇格蘭向修女推銷爐子，然後到美國當農夫，最後闖入廣告界，創辦奧美廣告公司（世界最大的廣告公司之一），有「廣告怪傑」與「廣告教父」之稱，對當前全球廣告風尚的影響既深且遠。

奧格威成名後，費提茲中學邀他回去演講，他就講一些諸如上述的往事，而受到學弟們熱烈的歡呼。他的這些記憶雖然讓人有點皺眉，但卻也顯示他是個深具幽默感，能以不同流俗、詼諧的態度來看待問題的人，而這正是一個具有創意、傑出的廣告人必備的條件，也是奧美廣告成功的地方。

心理學家史金納說：「教育是將學校所學的忘光後，還留下來的東西。」離開學校後，每個人都會留下一些美好的回憶。但什麼是「美好」？你要「記得」的又是什麼？由你決定；然後它們又會反過來決定你的未來。

輯三——雙手扭轉南北極，兩腳踏破東西洋

每個人的青春都是一場夢，一種化學的瘋狂。——費茲傑羅

In between trees（猶他州帕克城 2013）

走出教室的十五歲女大生

有一次，她在百貨公司摸了一頂漂亮的帽子而遭店員斥責，她母親立刻要她去把店裡的每頂帽子都摸一摸，她高興地照做……。

在美國丹佛大學的課堂上，一位教授引用電晶體之父夏克雷的話，說現代文明是由遺傳基因較優秀的白人所創建的，認為黑人是比白人低劣的人種。有一位黑人女學生聽了，立刻站起來說：「我會說法語，也會彈奏貝多芬的樂曲，我認為我的文化水準比你們還高！」說完便走出教室。

她只有十五歲，因為聰明又用功，小學、中學都跳級讀上來，所以別人還在讀中學時，她就進了大學。她不只功課好，而且還多才多藝，會彈鋼琴、跳芭蕾、花式溜冰等等。她父母都是黑人菁英，在當時種族歧視的大環境下，不只提供她最好的學習機會，而且提醒她必須比白人加倍努力，才能有光明的前程。

母親更一再教導她要勇於對生活裡無所不在的種族歧視說「不！」有一次她在百

貨公司想試穿一件洋裝，但卻被店員擋在試衣間外，因為它「僅限白人使用」；在她母親抗議不能試穿就要到別家買後，店員才破例。又有一次，她在百貨公司摸了一頂漂亮的帽子而遭店員斥責，她母親立刻要她去把店裡的每頂帽子都摸一摸，她高興地照做，更高興地看到白人店員只能在一旁乾瞪眼。

＊

她名叫康多莉莎·賴斯，後來成為小布希總統的國務卿，而在二〇〇四年被《富比士》雜誌評為當時全球最有權力的女性。這不僅是她個人的突破，亦是美國政府的突破，因為國務卿這個職位在過去不僅是黑人的禁區，更是女性的禁區，而賴斯成了第一個闖入這個禁區的黑人女性。這固然有賴她個人的才能和努力，但她從小就養成要勇於對各種歧視、禁令、限制說「不！」的習慣更是功不可沒。

傳統規範、社會習俗等總是會為我們的人生施加各種魔咒、祭出各種禁令，其中有些也許是在保護你，不想讓你陷入危險之境；但有些卻是想束縛你，要你屈從於過時而不當的想法和做法；如果你對什麼都乖乖就範，只走被允許的路，那你也將只有被允許的人生。當然，要有不一樣的人生，除了要有闖入禁區的勇氣外，更要有能夠帶來突破的真本領。

在生了一場重病之後

他因為生病而請假在家休養了一個月，大部分的時間都躺在床上胡思亂想，想到自己、想到將來、想到恢復健康後將如何改善自己……。

一個原本又會讀書、又參加網球校隊、學校樂團的活躍學生，在高一的時候，卻因為過度勞累而病倒了，結果請假在家休養了一個月。想不到這「沒有上學」的一個月竟成了他人生的轉捩點。

在這段日子裡，他大部分的時間都無所事事，躺在床上胡思亂想，「想到自己、想到將來、想到國家、社會以及周圍的一切一切，想到如果今後我能再和一般人一樣地健康、活潑、為所欲為，我將如何改善自己？又將如何彌補失去歲月的空虛以及把握自己未來的明天？想著想著，我得到了許多新的領悟，使我對生活的態度一反往日的嬉樂而日趨認真。」

而大約就在這段期間，他讀了《居禮夫人傳》，也曾因過度勞累而暈倒的居禮夫人，最後成了對人類做出重大貢獻的科學家，居禮夫人勤勞不懈、熱愛生命的高貴情操和理想主義，成了照亮他生命前程的一盞明燈，他立下心願，在病好後要更加珍惜自己的人生，要成為像居禮夫人一樣竭盡己力、報國淑世的科學家。

*

他就是李遠哲。高中畢業後，放棄眾人夢寐以求的「保送台大醫科」，而選擇台大化工，後來又轉到研究氣氛濃厚的化學系，最後終於像居禮夫人一樣，在一九八六年榮獲諾貝爾化學獎。

李遠哲後來說：「我相信自己對周遭事物之所以感受特別深刻，與那段（高一時在家養病）蟄伏時光有非常大的關聯。」很顯然，在病後康復重回校園後，他比以前「成熟」多了。成熟需要歷練，生一場重病就是難得的歷練，但並非人人都有這種「機會」，平順的生活反而讓很多青少年任意揮霍如春花綻放的生命，不懂得珍惜青春時光。

你只能年輕一次，但你可以永遠不成熟。如果你不想在失去青春、健康和自由後，才知道它們的可貴，後悔沒有好好珍惜它們，那除了分享李遠哲的心得外，也許可以每天醒來就默誦英國文學家約翰生的這句話：「一大早就知道有人要被上吊，對集中注意力有莫大的功效。」

大自然中的孤獨獵人

他雖然孤獨，但並不寂寞。也許是為了彌補他在學校找不到溫暖的缺憾，他選擇大自然做為他的良伴……。

美國南方有個男孩，是父母唯一的孩子，但父母卻在他七歲那年離婚，此後他就輪流由父母照顧，而父母又因工作關係經常搬家，結果從讀小學到高中畢業，十一年當中，他一再轉學，共換了十四所公立學校。

每到一所新學校，好不容易和同學、老師建立起一點感情，卻又要離開他們，到一個陌生的地方，進入陌生的學校，面對陌生的同學和老師。這種遊牧生活使得原本就比較內向的他，在整個青少年時代顯得相當孤獨，缺乏知心的朋友。

他雖然孤獨，但並不寂寞。也許是為了彌補他在學校找不到溫暖的缺憾，他選擇大自然做為他的良伴。因為父母多半住在郊區，他父親有一段時間還以船屋為家，即使搬到城裡，附近也都有公園。所以每搬到一個新地方，他就自己一個人到森林裡、山上、海灘、河邊去探險，仔細觀察那裡的昆蟲、鳥類、魚類和各種花草，並和他們交談，將他們視為自己知心的朋友。

＊

他名叫愛德華．威爾森，在從阿拉巴馬大學畢業後，又到哈佛大學深造，獲得生物學博士學位，後來以《論人性》、《螞蟻》二書兩度獲得普立茲獎，被公認是二十世紀最偉大的生物學家之一，也被稱為「社會生物學之父」。社會生物學是從生物學的角度來理解社會行為（包括人性）的一門知識，如今已成為一個重要的學派。

威爾森在成名後說：「我在很早以前就下定決心——將來要做一名博物學家以及科學家。關於這一點，如果一定要加以解釋的話，我想原因在於我是家裡唯一的孩子，而且又過著有點類似吉普賽人似的流浪生活。」當他後來又到美國南方做田野研究時，想起的總是他青少年時代，自己一個人在同樣的地方搜尋各種生物的情景，彷彿重溫舊夢，讓他心裡感到無限的溫暖。

每個人的成長環境和條件都不相同，但不管什麼環境或條件都各有利弊得失，所謂「失之東隅，收之桑榆」，像威爾森這樣，也許你無法改變你的環境和條件，但你可以選擇對自己有益的態度和做法。

貧窮是最豐厚的遺產

他們家因為在蘇格蘭生存不下去了，所以才移民到美國來；他十三歲就去紡織廠當童工，在熱死人的鍋爐邊燒火和令人作嘔的油池裡浸紗管……。

美國匹茲堡有一家電報公司想找一位送電報的信差，應徵者眾，老闆看著一位個頭矮小的十五歲少年，問說：「匹茲堡市區的街道，你熟悉嗎？」少年回答：「不熟，但我保證在一個星期內熟悉匹茲堡的所有街道。」這倒是讓老闆有點驚訝，因為大部分的應徵者為了得到工作，不熟也會裝熟。少年看老闆在沉吟，又認真地說：「我個子雖小，但比別人跑得快，這一點請您放心。」看起來是個老實而又充滿熱情的小伙子，何不讓他試試？於是少年得到了讓他喜出望外、週薪二．五美元的工作。

他們家因為在蘇格蘭生存不下去了，所以才移民到美國來；為了貼補家用，他十三歲就去紡織廠當童工，在熱死人的鍋爐邊燒火和令人作嘔的油池裡浸紗管。送電報的工作不僅輕鬆，薪水也加倍，他決定好好珍惜這個得來不易的機會，於是，從上班的第一天起，他就充滿鬥志，不僅很快熟悉匹茲堡的大街小巷、來往公司的業務和特點，更利用送電報的空檔，在電報房裡認真學習收發電報的技術。下班後，還到一家私人圖書館借書，充實自己的知識。

十八歲時，賓州鐵路公司的西部分局長看上他高超的電報技術，聘他去當私人電報員兼祕書，而讓他爬上了不一樣人生的第一道階梯。

*

他名叫安德魯．卡內基，在人生的階梯上不斷攀爬的結果，後來他不僅成為全世界的鋼鐵大王，而且是僅次於洛克斐勒的世界第二富豪。但他同家人剛到美國時，可說是三餐不繼，貧無立錐之地。卡內基後來意味深長地說：「一個年輕人能夠繼承到的最豐厚遺產，莫過於出身貧窮之家。」

很多人因為出身貧窮之家，覺得自己在人生的起跑點上就落後人家一大截，進而自怨自艾、自暴自棄，甚至怪罪父母；但卡內基卻認為他繼承了「最豐厚的遺產」，因為貧窮使他體會父母的辛勞，滋生改善生活、努力上進的雄心，同時珍惜每一個日子、每一個機會，就是靠著這些「遺產」，而使他在後來勝過所有的富家子弟。

貧窮是「負債」還是「資產」，主要看你對它做出什麼回應而定。

雙手扭轉南北極，兩腳踏破東西洋

一個十四歲的少年，去聽一個美國人的演講，受到很大的刺激，回來後在日記裡有感而發：「一時可驚、可警、可恥、可憎之心齊起於腦中……。」

一九一一年四月，一個就讀杭州府中的十四歲少年，從報上得知由黃興領導的起義行動失敗，黃花崗七十二烈士壯烈犧牲後，他悲憤交集，在日記中寫道：「不禁為我義氣之同胞哭，為全國同胞悲痛。」

五月十九日，他和同學到西湖遊玩，憑弔岳飛墓，回來在日記裡默寫岳飛的《滿江紅》。五月二十一日，又在日記裡自填《滾繡球》詞一首：「……小丑亡，大漢昌，天生老子來主張，雙手扭轉南北極，兩腳踏破東西洋，白鐵有靈劍比光，殺盡胡兒復祖邦，一杯酒，灑大荒。」

五月二十八日，美國人愛狄在杭州的協和講堂演講，他去聽講後受到很大的刺激，回來後又在日記裡有感而發：「一時可驚、可警、可恥、可憎之心齊起於腦中。可驚者，所說中國之弱點，一至於此；可警者，聞其奴隸瓜分之說，彼外人與我漠不相關，猶幾知聲淚俱下，乃大聲曰：青年之人，爾知愛國乎！我國人聞之而不知發憤者，無人心也；可恥者，聆其誠實清潔之說，譏我笑我，然我國之人奚有？此事性質，彼以中國人尊德、誠實、清潔則國強矣。聞其說而羞恥之心不油然而生者冷血也……。」

＊

這個十四歲少年的名字叫做徐志摩。從後來出土的《府中日記》和《留美日記》，我們對徐志摩青少年時代的生活、感情與思想有了更進一步的認識，而且也讓我們看到了一個跟大家印象中不太一樣的徐志摩。

徐志摩一向被認為是個浪漫詩人，喜歡風花雪月，追求愛情與美感；但在青少年時代，他不只是個熱血沸騰、充滿豪情壯志的愛國志士，而且很喜歡科學，曾在校刊裡發表《鐳錠與地球之歷史》，後來更專文介紹愛因斯坦的相對論。

每個人其實都有很多樣貌，在不同的人生階段也許會出現不同的樣貌，但在不同的樣貌中，似乎又存在著某種不變的特質。從徐志摩身上，我們看到這種不變的特質叫做「熱情」——點燃生命，讓靈魂發光發熱的能量。就像法國文學家狄德羅所說：「只有熱情，偉大的熱情，能將靈魂高舉到偉大的事物。」

他走進了「笨蛋樂園」

在學校裡，他每學期的成績都是倒數第幾名，父母為此而傷腦筋，但他的外祖父卻說：「讓他去吧！男孩子在找到了可以顯示才能的場合後，自然會變好的……。」

在英國哈羅公學的入學考試中，一個十三歲的考生面對拉丁文的試卷發呆，整整兩個小時的考試時間，他只寫了一個字，再加上個括弧。雖然各科的分數都很差，但他還是被錄取了，因為他是顯赫貴族的子弟，校長不想將他拒於門外。

因為入學分數低，所以被編在程度最差一班的最後一組，每學期的成績總是倒數第幾名。成績不好不打緊，他還經常違反校規，有一次因為玩耍，而打破了好幾扇窗戶的玻璃，惹火了校長，而將他叫到校長室一頓鞭打，但他卻大喊大叫地表示反抗，校長怒不可遏，大聲訓斥：「我有充分的理由對你表示不滿！」他也立刻大聲回嘴：「我也有充分的理由對你表示不滿！」

他雖然不愛上課，但卻喜歡體育和軍事訓練，凡是有這類活動，他都會踴躍參加。

騎馬和游泳是他的強項，也曾得過學校擊劍比賽的銀牌。他父親看他不是做學問的料，但對當兵似乎很有興趣，於是讓他轉入被同學識為「笨蛋樂園」的軍事專修班，為投考軍校做準備。但後來在投考桑赫斯特皇家軍事學院時，考了兩次都沒考上，直到第三次才勉強過關。

*

他名叫溫斯頓·邱吉爾。看了他在青少年時代的表現，實在很難想像他後來會成為英國首相，在二次大戰中領導英國及盟軍戰勝德國，並在二〇〇二年BBC的調查中，獲選為「有史以來最偉大的英國人」。

當溫斯頓的父母為他在學校的表現而傷腦筋、憂慮時，他的外祖父卻以豁達的樂觀來看待這個外孫，外祖父對女婿和女兒說：「讓他去吧！男孩子在找到了可以顯示才能的場合後，自然會變好的。」溫斯頓後來也在《我早年的生活》一書裡說：「當我的理智、想像力和興趣沒有參與時，我就不願意也無法學習。」

很顯然，很多人不是「笨」，而是「沒興趣」或「沒心情」學習。所以，不管是在面對自己或看待他人的「拙劣表現」時，在將「笨蛋」說出口前，我們最好先想到邱吉爾，還有他所說的這句話。

開夜車的豆腐干

當她知道中學部比師範部有更多的科學和英語課程後，她在每晚十點學校晚自習結束後，借來那位中學部同學的課本，開夜車自修數學、物理和化學……。

在一九二〇年代，蘇州女子師範學校的某個班上，有四個女同學個子都小，但卻表現出色，因為她們的座位前後左右相鄰，像一個方塊，所以班上同學就給她們一個綽號，叫做「四塊豆腐干」。

其中一塊「豆腐干」，不僅功課好，而且寫得一手好文章，從閱讀中她接觸到很多新生的事物，特別是西方的科學發展，對人類的知識和生活帶來空前的革命，讓她深深著迷；而在所有的偉人傳記中，她最喜歡看的是《拿破崙傳》，她崇拜英雄，具有強烈的成就動機。

有一天，她在和一位讀中學部的同學聊天時，發現中學部比起她念的師範部有更多的科學和英語課程，教材也不一樣，於是她在每晚十點學校晚自習結束後，借來那位中學部同學的課本，開夜車自修數學、物理和化學。有時候，為了一個數學難題想到半夜都還不睡覺。在以最佳成績從蘇州女師畢業後，她獲得保送，進入南京中央大學的數學系，決定以科學做為她未來的志業。

*

她名叫吳健雄，後來赴美留學，成為世界最傑出的女性實驗物理學家，曾參與製造原子彈的「曼哈頓計畫」，並率先以實驗證明楊振寧、李政道獲得諾貝爾獎的理論，也是美國物理學會有史以來的第一位女性會長。

吳健雄跟其他好學生不一樣的地方是，多數好學生開夜車讀書都是為了考試時有更好的成績，但她卻是為了充實自己。在到中央大學就讀前，她還利用暑假到中國公學去修胡適所教的「有清三百年思想史」，回答的試卷讓胡適驚為天人，而給了她一百分。但她卻是一個矢志獻身科學的女生，她的喜歡思想史，也純粹是為了想充實自己。

英國文學家約翰生說：「好奇心是一個活潑心靈不變而明確的特徵。」但讓每個人感到好奇的對象不一樣，榮獲兩次諾貝爾獎的女科學家居禮夫人曾勸勉後進：「對人少一點好奇，對觀念多一點好奇。」有「中國居禮夫人」之稱的吳健雄，顯然就具有這種特質。

冒險求生的猶太少年

父親估計有一半的猶太人會在這次入侵中喪生，但他嚴肅地說：「我們一家人絕不會這樣！」……。

一九四四年春天，當德國納粹的坦克車駛進匈牙利首都布達佩斯的街道時，當地近百萬的猶太人分為兩派，一派認為盟軍已開始反攻，納粹撐不了多久，沒甚麼好擔心的；一派則認為大禍就要臨頭，納粹在奧斯維茲集中營大規模屠殺猶太人的恐怖消息讓他們惶恐不安。

有一天，一個十三歲的猶太少年和家人圍坐在餐桌前，聽父親分析局勢。父親說他估計有一半的猶太人會在這次入侵中喪生，但他嚴肅地說：「我們一家人絕不會這樣！」為防萬一，父親在戰爭剛爆發時，就未雨綢繆地賣掉部分家產，而現在已進入非常時期，常規做法不再適用，大家必須「忘記在正常社會中的行為方式」才能生存下去。

少年對父親的分析、判斷、冷靜、自信與策略大為折服，在接下來的一年中，他和家人活在隨時可能被捕殺的危機中，天天過著膽戰心驚的日子，但也用盡一切伎倆，冒險求生。戰爭結束，應驗了他父親的預測：有四十萬布達佩斯的猶太人慘遭殺害，而他們一家人都倖免於難。

*

這個冒險求生的少年名叫喬治．索羅斯，他後來到紐約的華爾街，設立「量子基金」為客戶操盤投資，而成為叱吒全球金融市場的傳奇性人物。一九九二年，他看準英國財務的缺陷而大手筆出手去狙擊英鎊，結果在一天之內，創造了十億美元的利潤。

索羅斯認為金融市場就像量子物理學，儘管有各種分析，但「測不準原理」才是它最重要的法則。任何投資都有風險，但也需要冒險，他說他在投資市場的表現，與他在學校的學習少有關係，反而受益於當年在布達佩斯的冒險求生經驗。他從中學會了生存技巧，其中有兩點對投資事業特別有幫助：一是不要害怕冒險，一是冒險時不要押上全部家當。雖然他勇於冒險，但他也強調他是一個「不安全感分析師」，心中常懷自己可能因犯錯而萬劫不復的不安全感，這使他永遠保持警覺，並隨時準備修正錯誤。

人生舞台就像個投資市場，所有的投資都含有風險，也都是「測不準」的，重要的是要勇於冒險。而冒險，不是嘴巴上說說而已，必須有實際的行動。

在照顧小孩中學習

他從鄉下滿懷期待來到東京的汽車修理廠，但在報到上班後，他的夢想很快就破滅了，因為老闆給他的工作居然是「照顧老闆的幼兒」……。

一個日本男孩，小學畢業沒多久，就興沖沖地離開在靜岡縣的家，隻身搭火車前往東京。他的心中滿懷夢想與期待，因為東京的一家汽車修理廠回信給他，答應收他為學徒。自從小學三年級在鄉下第一次看到汽車，聽到它的引擎聲、聞到它的汽油味後，他就深受感動與陶醉，而決定日後一定要做跟汽車有關的工作，現在總算如願以償。

但在報到上班後，他的夢想很快就破滅了，因為老闆給他的工作居然是「照顧老闆的幼兒」！他本以為這只是暫時性的短期工作，誰知道在過了一段時間後，他還是天天在照顧小孩。他深感挫折，但心想也許是老闆看到年紀小、對汽車也一竅不通，所以才不讓他碰汽車，而老闆似乎也沒有時間教他。那怎麼辦呢？於是他主動向老闆借跟汽車有關的書刊來閱讀，因為他不必參加修理廠的工作，照顧小孩又很輕鬆，空閒的時間很多，他讀遍了汽車廠裡的所有書刊，有的還一讀再讀，而對汽車發展史、機械結構、油電系統、各國汽車的特色等都達到了如數家珍的地步。

在「照顧小孩」半年多後，有一天工廠裡較忙，老闆終於叫他「進場」幫忙，因為已經具備充分的知識，所以他很快鑽到汽車底下，將斷了鋼線的汽車底蓋修理好，而讓老闆刮目相看，日後即開始正式的學徒工作。

＊

這個學徒名叫本田宗一郎，二十五年後成立「本田技研工業株式會社」，也就是現在全世界都看得到的本田汽車（Honda）的創建者。萬丈高樓平地起，跨國大企業的締造者很多都是從最基層做起的，而宗一郎的汽車學徒工作，更是從「幫老闆照顧小孩」這種讓人皺眉的差事開始的。

但宗一郎後來說，這段照顧小孩的「不得志」時期，是他一生中「最有價值的時期」，因為這段時期的閱讀不只奠定了他對汽車的知識，而且開闊了他的眼界，不再甘心只做個汽車修理工人。

西方有句諺語說：「只要有心學習，不怕找不到老師。」不管你在什麼環境、做的又是什麼事，只要你有心，總是能找到充實自己的方法。

喜歡打棒球的野女孩

鄰居一位婦人叫她過去，告訴她「要學學女孩子應該做的事」。她回家告訴母親，母親立刻打電話告訴那個女人：「下次不可以這樣說！」……。

在二十世紀初年的紐約市郊區，有一個女孩從小就不愛穿裙子，而喜歡穿燈籠褲，因為她想跟男孩子一樣自由自在地爬樹、踢足球、打棒球，而她的玩伴也都是男孩子。有一天，當她和一群男孩子在踢足球時，鄰居一位婦人叫她過去，告訴她「要學學女孩子應該做的事」。她回家告訴母親，母親立刻打電話告訴那個女人：「下次不可以這樣說！」

父母希望她盡量發展自己的興趣，但她也經常感受到壓力。少女時代，她參加他們那條街上少年組成的棒球隊，經常和其他街的球隊比賽，有一次，她興沖沖地前往時，他們這隊因為來的人太多，就以她是女孩子為理由排擠她，而另外那隊剛好少一名球員，所以找她代打。結果她參加的新隊把原來的球隊打得落花流水。在回家的路上，每個人都罵她是「叛徒」！她心裡很不是滋味，也因此體認女人經常莫名其妙地成為「受害者」，不管妳自己的想法和表現如何，「男女不平等」是一個殘酷的社會現實。

到高中時代，她將對運動的熱愛轉移到對知識的追求上，並經常思索「如何面對自己與眾不同的事實」。畢業後，當同學們都準備找個如意郎君時，她獨排眾議，選擇到免繳學費的康乃爾大學農學院就讀。

＊

她名叫芭芭拉．麥克林托克，在獲得植物學博士學位後，她專研玉米細胞的染色體，並因為發現「跳躍基因」而獲得一九八三年的諾貝爾生理醫學獎。

從小就是一個「不一樣女人」的芭芭拉，從未追求過一般女人夢寐以求的目標，她對「打扮」這檔事一點興趣也沒有，終生未婚，聽起來似乎很「孤獨」，但認識她的人都不會懷疑她的生活「充實而又滿足」，因為她做的是自己感興趣的事，根本不在乎其他女人在做什麼、又怎麼想，她在意的是大家不要因為她是女人，而用異樣的眼光和差別的態度對待她。

「女孩子要有女孩子的樣子」，但什麼是「女孩子的樣子」？那要看你打算聽誰的。知名的女性主義作家蘇珊．桑塔格說：「陰柔女性最美的是她的男性氣質。」

假裝自己是位名作家

文思枯竭的他正望紙興嘆時，忽然想到他崇拜的一位作家，於是想像自己就是那位作家，將自己原先的一句話轉換成那位作家可能的寫法……。

有一個中學生，最怕的是作文課。每次要寫作文，他就立刻變得腦殘腸枯，心中一片空白，不知道要如何下筆。

有一天，老師又發下一道作文題目，文思枯竭的他正望紙興嘆時，忽然想到不久前在電視上看到一位他崇拜的名作家，這位作家在措辭遣字方面風格獨特，很有一套。他於是想像自己就是那位作家，將自己原先的一句話轉換成那位作家可能的寫法。譬如他原來想寫「那個男人走進房間」，但這種文句平板而庸俗，他想如果是那位作家的話，就應該將它寫成「那個高大的男人走進房間」。如此反覆琢磨，以己之腹度那人之心，這句話最後遂變成「那個高高瘦瘦的男人，痛苦而疲憊地走進燈光幽暗的房間」。

老師看了，大為讚賞，說他作文的表達能力進步很多。從那時起，每遇到作文或要寫什麼東西時，他就把自己當成那位名作家來寫，結果就愈寫愈好，他也因而有了那位作家的寫作風格。

*

他名叫R‧哈特里，後來雖然沒有成為名作家，但卻是英國頗有名氣的心理學家。前面所說的經驗不僅提升了他的寫作能力，而且還提供他「心理學的靈感」，在後來做了個特別的實驗，證明人確實可以經由假裝、扮演、認同於某個對象，而改善自己在某些方面的不足。

哈特里的這種「學做他人樣」，是介於「認同」與「模仿」之間的一種心靈運作。在成長的過程中，我們總會認同一些英雄人物，譬如張忠謀或希拉蕊，將他們視為我們在「人生大方向」上的精神導師，而在潛移默化中，我們的一些生活小節就會不知不覺地模仿他們，或自問：「遇到這種情況時，張忠謀會怎麼想？希拉蕊會怎麼做？」這樣的仿同或自問，可以讓我們「涵攝」、「吸納」一些更成熟、更好的元素，久而久之，就成為自己的東西。

只要不是邯鄲學步、畫虎不成反類犬，它們其實也是個人成長過程中的重要學習方式。沒有人能夠不經由學習，而成為他自己。

在黑森林中的迷惘

他在德國長大，容貌像北歐人，但父母卻都是猶太人，嚴重的「自我認同」危機與「角色混淆」，使他悶悶不樂，覺得父母對他隱瞞了什麼重大的祕密……。

在德國的喀爾斯魯，有一個中學生一直悶悶不樂，因為同學們都將他視為「猶太人」。他父親是當地的一個小兒科醫師，是猶太人沒錯，他母親也是猶太人，但令他納悶的是既然父母都是猶太人，那他為什麼會是棕頭髮、藍眼睛，而且有著北歐斯堪地那維亞人的容貌？

事實上，當他和父母一起到猶太人的圈子中時，猶太人也認為他「非我族類」，而和他只有疏遠的關係。他覺得父母好像隱瞞了什麼重大的祕密，但他又不敢問，只能自己在心裡默默猜測與迷惘著。

自覺是個「邊際人」的他，除了繪畫外，對什麼事都不太熱中，學校的成績也是普普通通。中學畢業後，他花一年的時間自己一個人到黑森林、阿爾卑斯山、義大利漫遊，一方面是為了增廣見聞，一方面也希望能為自己迷惘的人生找到一個方向。

＊

他名叫艾力克．艾力克森。在從黑森林漫遊歸來後，他學了一陣子的畫，當了幾年小學老師，然後跟隨佛洛伊德和他女兒安娜學習精神分析術，而在後來成為國際知名的精神分析學家，在美國被譽為「最接近知性英雄的人物」。

艾力克森真正的身世是：他是他母親和一個丹麥人的私生子，但在母親嫁給小兒科醫師後，卻隱瞞了他的身世。這樣的際遇雖然成為他青少年時代迷惘與痛苦的淵藪，但卻也使他後來超越佛洛伊德的「心性發展理論」，而發展出自己的「認同危機」與「生命歷程」理論。他指出，青少年主要的心理掙扎是在追求個人的認同感，面臨的是「自我認同」與「角色混淆」的關口。他們很關心自己的容貌，因為容貌有助於建立自我感；在追尋認同的過程中，青少年會開始熱愛某些英雄、意識形態以及異性，也在意別人的看法，同時更希望有別於他人，試圖建立較清晰的自我形象。

艾力克森很生動而又精確地描繪了青少年的心事，但他在說的其實也是他自己。心理學是研究人的一門學問，有人因自己的人生經驗而受苦，但有人卻因受苦而成為一個偉大的心理學家。

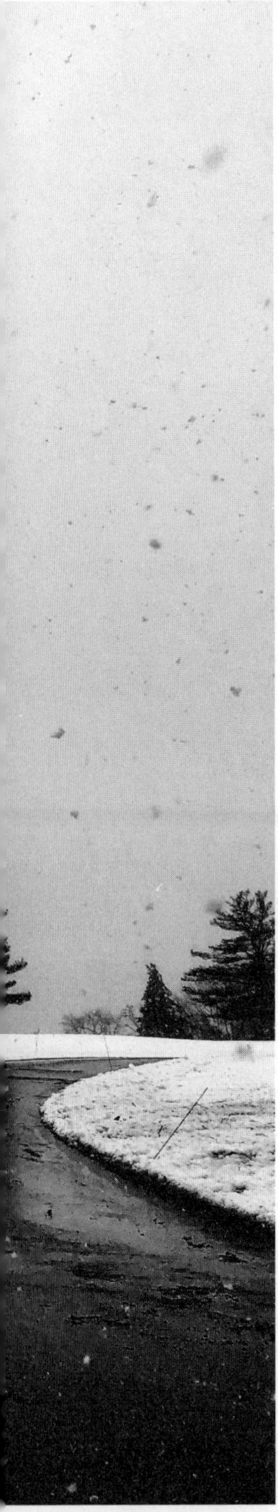

輯四——一個青年船夫的辯解

在我的青春年華，我也款待某些錯覺，但我很快從中復原。——拿破崙

藍天的路口（格林尼治 2018）

為性而迷惘的貴族子弟

當他做功課時，想努力集中心神，但卻一直因性器的勃起而分心；也是在這個時期，他開始有了手淫的習慣。雖然他還算節制，但每次手淫後都覺得羞慚……。

英國有一位貴族子弟，在十二歲時，以前幼稚園的一位同學偷偷告訴他關於性的祕密，他聽了覺得既刺激又有趣。十四歲時，他的私人教師向他表示，他即將經歷一場重大的生理變化，他多少知道那意味著什麼。十五歲，他開始有了性欲，而且強烈到他幾乎無法忍受。

當他做功課時，想努力集中心神，但卻一直因性器的勃起而分心；也是在這個時期，他開始有了手淫的習慣。雖然他還算節制，但每次手淫後都覺得羞慚，努力想戒除它卻戒不掉，直到二十歲開始談戀愛了，才忽然拋棄了它。

他也開始對女性的身體感到興趣，總想從窗戶去偷窺家裡的女僕換衣服，但通常都失敗了。後來，他還引誘某位女僕到一個祕密的房間，和她接吻、擁抱，但想進一步發展時，卻被嚴詞拒絕了，他覺得自己有點病態而且邪惡。

十六歲，他到一位老師那裡補習，認識一些年紀比他大的男孩，性是他們的主要話題，但卻變得非常粗鄙而下流，這讓原本對性充滿嚮往的他感到極度震驚和幻滅。他在他們之間沉默不語，而開始有了清教徒式的保守思想，認為性若沒有愛便是獸行。

*

他名叫伯特蘭．羅素，後來成為二十世紀最偉大的哲學家之一，也是一九五〇年的諾貝爾文學獎得主。羅素在他的自傳裡坦承他在青少年時代對性的好奇、衝動與迷惘，他說：「我要盡我所能把事情原樣說出來，而不是我希望它該變成什麼樣子。」其實，在那「生理騷動」的階段，很多人也都經歷了類似羅素的性歷程，只是大家沒有像羅素這樣誠實而坦然地將它們說出口而已。

羅素還告訴我們，就在他因性而分心時，他還產生一種非常強烈的理想主義情感，變得對落日與雲彩充滿遐想，對詩、哲學和宗教極感興趣。他後來才知道，這些其實也是源自性欲的，是不自覺的「性的昇華」。這跟他在談戀愛時就忽然拋棄手淫的機轉是一樣的——盲目、衝動的肉欲因柔情而得到了提升與淨化。

先念一年看看

學校的「媽媽俱樂部」添購了一部在當時根本沒有幾個人知道的電腦，他立刻迷上了它，成天耗在電腦室裡，把轉學的事拋到九霄雲外……。

一個小學畢業，去參加童子軍野營活動回來的男孩，原本高高興興的他卻忽然變得情緒低落，將自己關在房間裡，因為父母想要他去讀一所有名的、收費甚高的私立中學，學生多為政商名流的子弟。父母可能是為他的前途著想，但他打從心裡不喜歡私立學校，特別是出自父母的安排；他想要念公立學校，所以一個人生悶氣。

後來，在姊姊的勸說下，他和父母取得一個妥協方案：「以一年為期，先去私立中學念一年，如果不喜歡，就立刻轉到公立學校。」

結果，進入這所私立中學沒多久，他就如魚得水，不僅遇到了參加童子軍野營活動時認識的朋友，學校的「媽媽俱樂部」（家長會）更添購了一部在當時根本沒有幾個人知道的電腦，還請專家來教導學生認識和操作這個新玩意。數理成績一向很好的他立刻迷上了它，成天耗在電腦室裡，把轉學的事拋到九霄雲外。

當時的電腦體積龐大而又笨重，讓他最感刺激和不可思議的是只要透過正確的「程式語言」，就可以「指揮」這個龐然大物，叫它乖乖地依照你的命令去辦事。強烈的興趣與動機，使他在十三歲時就寫出了第一個電腦程式——和朋友玩井字遊戲的程式。

*

他就是比爾．蓋茲，而當年他就讀的即為西雅圖有名的私立湖濱中學。蓋茲後來創立「微軟公司」的事業夥伴保羅．艾倫，就是當年湖濱中學高他兩屆的學長，兩人因都是學校「電腦室」的常客而成為摯友。

讓學生「搶得先機」的電腦教學，對蓋茲與艾倫未來的人生發展顯然有莫大的影響和助益，不過更值得我們關注的是蓋茲原先是「拒絕」去念湖濱中學的，如果當初他念的是他喜歡的公立學校，那還會有「微軟公司」嗎？這個問題恐怕連上帝都難以回答，我們唯一知道的是人生是不可預期的，對各種機會、各種可能，我們都應該要以開放、有彈性或有條件的態度去嘗試、去做選擇。

所以，對任何事情，不要一開始就先入為主地認為「我一看就討厭」或「非要如何如何不可」，這樣你才能有更寬廣、開闊的人生。

被退學的壁報作者

訓導主任平時對學生很兇，大家都敢怒不敢言。他利用做壁報的機會，為同學們出口怨氣，但也因此惹禍上身……。

有一天，某所高中的壁報欄前忽然站滿了學生，他們邊看邊竊竊私語著。大家看的是壁報欄裡的一篇名為〈阿麗絲漫遊記〉的文章：

話說西方的阿麗絲姑娘千里迢迢來到東方一所學校的校園，當她正為東方世界的美麗發出驚嘆、陶醉其中時，眼前忽然出現一條顏色鮮豔的眼鏡蛇，牠吐著蛇信、噴出毒汁，邊爬邊威脅學生：「如果你活得不耐煩了，我叫你永遠不得超生！如果……」眼鏡蛇所到之處，學生紛紛走避，走不動的花草則為之變色。

學生們看了都會心微笑，暗中稱快。因為大家都知道文章中的眼鏡蛇，是在諷刺他們學校戴眼鏡的訓導主任，「如果」正是他的口頭禪。他平時對學生很兇，大家都敢怒不敢言，想不到現在居然有人挺身而出，為他們出口怨氣，所以無不拍手叫好。

消息很快傳到訓導主任那裡，怒不可遏的他覺得寫壁報的學生目無師長、大逆不道，不僅將壁報撕下，而且沒幾天就貼出將這名「違反校規」的學生「予以開除」的公告。幸賴該校校長覺得這是血氣方剛少年一時的衝動，不忍心因此斷送他的前途，為他安排轉學，他才轉到另一所高中繼續他的學業。

*

這個大逆不道的高中生名叫查良鏞，也就是後來寫出《射鵰英雄傳》等武俠名著的金庸金大俠。將他退學的是浙江省立聯合高中，收留他的學校則是衢州中學，當時他還是個高一學生。

「目無師長」當然不對，但在叛逆心強、容易衝動的階段，對自己看不慣的人和事出言諷刺，也是可以理解的。與其鐵腕嚴懲，不如為這股「氣」尋找正面宣洩的管道。金庸的被退學，用武俠術語來說就是「被逐出師門」，而他筆下的英雄人物像楊過、令狐沖等，也都「被逐出師門」過，也許那是金庸內心深處自我的投射，但也許是成年後的金庸想以一種更寬容與建設性的態度來替「被逐出師門」者說話。

其實，真正的叛逆者絕非逞一時之勇，而是勇於說「不」的人，不只對不公不義說「不」，還要對自己的衝動說「不」。

一個青年船夫的辯解

法官聽了他的辯解，覺得很有道理，於是判他無罪，並好奇問他從哪裡獲得這種法律見解……。

在美國印第安納州，一個十六歲的青年用一艘平底船運送田裡收成的農作物，沿著俄亥俄河做生意。某天，有人要他用船將他們送到停在河中央的輪船上，結果得到豐厚的報酬，於是他也開始做起了渡船的生意。

但不久，他卻被扭送到法院去，因為他搶了別人的生意，一些得到肯塔基州政府特許經營渡船生意的船家說他侵犯了他們的經營權。法官也覺得有理，而準備判他必須繳交罰款時，青年卻辯解說對方根據的是肯塔基州的法律，但他是從印第安納州的河邊將客人送到河中心，並沒有進入肯塔基州，所以控告不成立。

法官在研究後，了解情況確實是如此，於是判他無罪，並好奇問他從哪裡獲得這種法律見解。在曉得他不僅沒有研習過法律，而且因為家貧只受過一年多的非正規教育、主要靠自學後，覺得他很適合走法律這條路，於是鼓勵他有空可以到法官家裡閱讀法律書籍，而在開庭審理案件時，也歡迎他來旁聽。

在法官的勉勵和指引下，他看到自己人生的一個方向，一條可行的道路，於是透過勤奮自學，半工半讀，終於在二十七歲時通過考試，成為一名律師。

*

他名叫亞伯拉罕．林肯。在自學法律時，他也開始涉足政壇，律師與議員的角色讓他成了社會公義的代言人，後來更被選為美國的第十六任總統，經由南北戰爭而廢除了南方各州的黑奴制度。

走上法律這條路，顯然是他人生中極為關鍵的一步。其實在多年以前，林肯的父親會購買兩筆土地，但卻在相關的法律訴訟中被迫失去所有權，而使整個家庭陷入困境，這也是讓林肯想當律師來伸張正義的一個重要原因。但如果沒有法官的勉勵和指引，那結果會如何恐怕很難說。

詩人何梅斯說：「人生重要的並非我們站在何處，而是我們正往哪個方向去。」沒有方向的人生，就像沒有羅盤的航行；但每個人的方向不同，只有自己想要、而且適合自己個性和稟賦的方向，才是正確的方向。

向家族企業說「不」

上了中學後，每逢寒暑假，父親便要他到公司實習，旁聽業務會議，學習當老闆。但他對釀酒業和當酒廠老闆卻沒有什麼興趣……。

日本名古屋的某個夏日午後，一家知名的清酒釀造廠正在召開業務會議。會議室裡坐著一個中學生模樣的小伙子，「置身事外」地聽著大家你一言、我一語，偶而瞧一瞧前方主持會議的中年男子——那是他父親，這家酒廠的老闆。他們家族世代以釀酒為業，在日本是數一數二、歷史悠久的老字號。

從小，父親就經常對他耳提面命：「你是我們家的長子，將來一定要繼承家業。」為了讓他克紹箕裘，將來能順利接班，在他十歲時，父親就經常帶他到辦公室，耳濡目染公司的經營方式，還要他到釀酒廠實地觀察整個釀酒過程。上了中學後，每逢寒暑假，更要他到公司實習，旁聽業務會議，學習當老闆。

但他對釀酒業和當酒廠老闆卻沒有什麼興趣，他真正的興趣是在電子方面，不僅大量閱讀相關的書籍，還進行各種實驗，自己裝配一台電動留聲機和一個無線電接收器；就是因為太沉迷於這些電子研究，他在學校的成績一直不好。幸好到高三時，為了考大學，他收心拚命努力了一年，但在選擇科系時，也不是選擇父親所期望的商學相關科系，而是選擇他喜歡的大阪帝國大學的物理系。

*

他名叫盛田昭夫，物理系畢業後，他放棄「盛田酒業」繼承人的權利，而和朋友成立了「東京通信工業株式會社」，利用自己在電子方面的專長製造磁帶答錄機及磁帶。這樣的選擇當然讓父親非常失望，但後來卻反而成為他一生最大的驕傲，因為這家「東京通信」後來發展成全球數一數二的電子業龍頭——「新力公司」。

盛田昭夫因為多項發明而有「日本愛迪生」之稱，他還寫了兩本暢銷書《學歷無用論》和《日本可以說「不」》。他以個人的抉擇和經驗告訴我們，一個人的成功重要的不是學歷、家業、祖產，而是自己的興趣；你必須找到自己的興趣，然後義無反顧地去做自己感興趣的事。對違背自己興趣的工作、他人的期望或要求都要勇於說「不」。如果有人因此而感到失望，那你就用具體的行動向大家證明，失望只是暫時的，他們終將為你感到驕傲。

對《聖經》提出質疑的信徒

在顯示自己有堅定信仰的堅信禮上，他竟然提出他的懷疑，讓主持儀式的牧師非常不悅，而向他家人抱怨「孺子不可教」……。

有一個人，父親和外祖父都是教會的牧師，他從小就在宗教氣氛濃厚的家庭中長大。當他開始讀《聖經》時，就對「東方三博士」的故事很著迷，但也很快產生疑問：既然三博士帶了很多寶石黃金來給瑪麗亞當禮物，那「為什麼耶穌小時候還過著貧苦的生活？這些寶石黃金都到哪裡去了呢？」當牧師的父親一下子被問得啞口無言。

到了青春期，他這種懷疑精神演變成喜歡與人爭辯、抬槓的癖好，而對瑪麗亞處女懷孕、耶穌死而復活這些「神蹟」，當然就更加懷疑；結果，就在他受「堅信禮」時出現了不愉快的場面：

教徒在十五、六歲時，需通過「堅信禮」的考驗，以顯示自己有堅定的信仰，可以完成身為基督徒的使命。替他主持「堅信禮」的是一個非常仁慈的老牧師，但在這個非常傳統而嚴肅的儀式上，他居然也提出了他的懷疑，結果立刻被老牧師加以否定，老牧師告訴他：「理智必須保持沉默，臣服於信仰。」他不想當場鬧翻，只能失望地閉嘴，而以閃躲的言詞來回答老牧師接下來的問題。老牧師看在眼裡，對他的態度也變得非常冷淡。整個儀式就在尷尬的氣氛中不歡而散，事後老牧師還向他的家人抱怨他真是「孺子不可教」。

*

這個被認為「沒有堅定信仰」的少年，名叫亞伯特．史懷哲。九年後，以《根據十九世紀科學研究和歷史記載對最後晚餐問題的考證》獲得神學博士學位；再過十三年，又以《對耶穌的精神醫學性考察》獲得醫學博士學位。然後遠赴非洲行醫，在往後四十年，救治當地的老弱傷病無數，獲得一九五四年的諾貝爾和平獎，被譽為最能在這個塵世實踐耶穌基督精神的人道主義者，當然也是信仰最堅定、最讓人敬佩的基督徒。

史懷哲後來說，從青少年時代，他就堅信「基督教義的基本原則必須靠理性來證明，而不是用其他方法」。不只基督教義如此，其他準則、觀念、理論也都是如此，信念不是建立在「權威」、「盲從」或「神蹟」上；如果你是對的，你就不應該畏懼懷疑和批評；因為只有通過懷疑考驗的信念，才是堅定的信念。

跑得最快的女人

十三歲時，她第一次參加賽跑，結果得了最後一名；接下來幾次，也都是墊底；很多人不忍心，勸她不要再跑了……。

有一個女孩，出生時是個早產兒，從小體弱多病，四歲時得了一場肺炎和猩紅熱，又加上麻疹，差點一命嗚呼。在撿回一條命後，左腿幾近麻痺，醫師判定她復原的希望渺茫，可能一輩子都必須靠拐杖走路。

但她母親不死心，改赴五十哩外的一家教學醫院就醫，每個禮拜到那裡做兩次復健，兩年從未間斷。她母親告訴她，雖然她現在腿上必須套著鐵架來支撐，但只要她有信心、毅力、勇氣和不服輸的精神，那她可以做任何她想做的事。

在母親的關愛和鼓勵下，她在九歲時脫下了腿上的鐵架，開始學習像普通人般正常行走。但她不以此為滿足，她說她想成為「跑得最快的女人」！十三歲時，她第一次參加賽跑，結果得了最後一名；接下來幾次，也都是墊底；很多人不忍心，勸她不要再跑了，但她卻愈挫愈勇。在中學時代，她參加過無數次賽跑，而且愈跑愈好，最後終於跑出了第一名，爾後，她就一直保持這個佳績。在進入田納西州立大學後，有位田徑教練對她的信念和不服輸精神印象非常深刻，發現她是可造之材，於是對她施予正規而綿密的訓練，想將她培養成奧運選手。

＊

她名叫蔚瑪．魯道芙，在一九六〇年的羅馬奧運會上，為美國奪得了三面金牌——女子一百公尺、女子兩百公尺、女子四百公尺接力賽（她跑最後一棒），果然被譽為「地球上跑得最快的女人」。

蔚瑪的美夢成真似乎只能用「奇蹟」來形容，但這種「奇蹟」卻是建立在她無比堅強的「信念」與「毅力」上頭。在締造輝煌的戰績後，蔚瑪說：「我只希望大家記得我是個認真努力的女性。」看似輕描淡寫，但卻是知易行難。每個人都知道做事要有信念、有毅力、要認真努力，但少的就是像蔚瑪這種堅持的行動。

羅馬詩人維吉爾說：「他們能，因為他們相信他們能。」雖然「心想」不一定「事成」，但若要化「不可能」為「可能」，不是把「不」字擦掉即可，而是「不要」光說不練、半途而廢。

把裝訂廠當做圖書館

《悟性的提升》所提到的五個讀書方法：勤作筆記、持續上課、有讀書同伴、參加讀書會、學習仔細觀察和精確用字，讓他如獲至寶，終身奉為圭臬……。

在英國倫敦的一家裝訂廠裡，等待裝訂或已裝訂好還未交貨的書籍堆積如山，一個十四歲的少年在訂書工作的空檔，如饑似渴地閱讀身邊的各類書籍。他什麼書都看，包括科學、藝術、礦物、橋梁建造、醫學等等；有一本《悟性的提升》所提到的五個讀書方法：勤作筆記、持續上課、有讀書同伴、參加讀書會、學習仔細觀察和精確用字，更讓他如獲至寶，終身奉為圭臬。

他慢慢發現自己對電學和化學方面的知識特別有興趣，於是他利用廢舊物品自己製造靜電起電機，進行簡單的實驗，並將觀察所得和自己的想法記錄在一本隨身攜帶的筆記本上。他還和一些青年朋友成立了一個讀書會，經常聚在一起討論問題。

雖然無法再上學，但他卻利用業餘的時間去聽各種科學演講，還參加為失學少年所舉辦的「都市哲學會」課程，學習各種科學知識和實驗方法。後來，又去聆聽當時英國最負盛名的科學家戴維的四場演講，並且做了完整的筆記。二十一歲，釘書匠的工作期滿，他寫一封毛遂自薦的信給戴維，並附上自己厚厚的筆記；戴維非常感動，也十分賞識他的才能，於是聘用他為實驗室的助手。

＊

他名叫邁克爾．法拉第。在成為戴維的助手後，法拉第得以展開他正規的科學生涯，後來陸續發現了電磁感應、抗磁性、電解，發明了發電機，奠定了電化學的基礎，成就不僅遠遠超過提攜他的戴維，而且被認為是英國繼牛頓之後最偉大的科學家。

但法拉第卻只有小學的學歷，當他在科學界慢慢嶄露頭角時，受到很多學歷好、地位高的科學家的排斥和質疑，但法拉第都不予理睬，而更專心於自己的研究，因為他知道：一個科學家的真正價值在於他有什麼發現或發明，而不是他是哪間名校的博士或是哪所大學的教授。

其實，不只科學如此，其他行業也都是如此。重要的不是學校、學歷，而是你學習的態度和方法，特別是法拉第從《悟性的提升》裡所吸收的五種方法。只要你有心學習，那麼哪裡都可以找到好的學校、老師和教材。

被扯下肩章的軍校生

好事的同學原本想在他忍不住出手反抗時，立刻還以顏色，好好教訓他一頓，想不到他竟然變得如此鎮靜、如此謙卑……。

在法國的一所士官幼校裡，每一年級的學生都被編為數個中隊，只有表現優異的學生才會被校方指派為中隊長。但有一年，校方所公布的一位中隊長卻讓同學們感到不滿，大家認為他出身低微、個性孤僻而又高傲，一言不合就想動拳頭，總之是個不得人緣、讓人討厭的傢伙，沒有人願意接受他的指揮。

在學生的集體壓力下，校方覺得不受同學尊敬的人不適合當中隊長，於是撤銷他的資格。但同學們還不放過他，團團圍住他，大聲唸出撤銷其資格的決議文：「某某某不敬愛同學、不肯合作、行為孤僻，不適合當我們的中隊長。因此，現在以學校軍事會議的名義，取消某某某中隊長的資格。」

一向脾氣暴躁的他卻緊閉著嘴唇，不發一語。有同學挑釁地說：「把他的肩章撕下來！」另一位同學立刻上前扯下他的肩章，這對軍人是莫大的侮辱，但他卻依然像一尊石像般動也不動。好事的同學原本想在他忍不住出手反抗時，立刻還以顏色，好好教訓他一頓，想不到他竟然變得如此鎮靜、如此謙卑。在自討沒趣後，有人對自己的過分行為感到慚愧，也慢慢對他產生了好感和敬意。

*

這個被當眾侮辱的士官幼校生名叫拿破崙．波拿巴。因為他是科西嘉人，一直被本土的法國人瞧不起，而他對法國本土人士也懷有敵意，所以在剛進入布里安士官幼校時，和同學們處得相當不愉快。「中隊長事件」可以說是一個轉捩點，原本好逞一時之勇的他學會了忍耐，這不僅化解了同學們對他的反感，而且贏得了他們的友誼和尊敬。

後來他叱吒風雲，被法國人奉為民族英雄，但靠的並不是單純的武力，他說：「這個世界上只有兩種力量：劍與精神；但長遠來看，劍終將被精神所打敗。」這個「精神」是什麼呢？顯然就在他所說的另一句話裡：「勝利屬於最堅忍者。」

堅忍是一種精神的力量，它指的不只是毅力，還包括忍耐。這個「忍耐」不只是耐得住寂寞、枯燥、不確定，更包括別人的懷疑、指責、奚落和挑釁，只有學會忍耐的人，才不會因一時的衝動而破壞更長遠的目標。

我是個古怪的女孩

她不僅早慧，而且有著少女不應有的憂鬱與滄桑之感。這除了她個人先天的氣質外，後天環境顯然也有很大的影響……。

一九三二年，在上海聖瑪利女校，一個初中一年級的女生，在校刊《鳳藻》上發表了一篇名為〈不幸的她〉的文章（片段）：

「她急急的乘船回來，見著了兒時的故鄉，天光海色，心裡蘊蓄已久的悲愁喜樂，都湧上來。一陣辛酸，溶化在熱淚裡，流了出來。……瞧見雍姊的丈夫和女兒的和藹的招待，總覺怔怔忡忡的難過。一星期過去，她忽然祕密地走了。留著了個紙條給雍姊寫著：『我不忍看了你的快樂，更形成我的悽清！別了！人生聚散，本是常事，無論怎樣，我們總有藏著淚珠撒手的一日！』……暮色漸濃了，新月微微的升在空中。她只是細細的在腦中尋繹她童年的快樂，她耳邊彷彿還繚繞著那從前的歌聲呢！」

隔年，《鳳藻》上又刊出她的另一篇〈遲暮〉（片段）：

「燈光綠黯黯的，更顯出夜半的蒼涼。在暗室的一隅，發出一聲聲淒切凝重的磬聲，和著輕輕的喃喃的模模糊糊的誦經聲，『黃卷青燈，美人遲暮，千古一轍。』她心裡千迴百轉地想，接著，一滴冷的淚珠流到冷的嘴唇上，封住了想說話又說不出的顫動著的口。」

＊

她，就是後來成為知名小說家的張愛玲。從她在初中一、二年級所寫的文章已可看出她敏感的心思和細膩的才情，不僅早慧，而且有著少女不應有的憂鬱與滄桑之感。這除了她個人先天的氣質外，後天環境顯然也有很大的影響。張愛玲雖然家世顯赫，但父母卻感情不睦，使她得不到家庭的溫暖；讀的聖瑪利女校雖然是名校，但瘦骨嶙峋、衣飾古板的她在同儕中卻落落寡歡，而只能藉文章來一吐她胸中的塊壘。

在她二十歲所寫的〈天才夢〉裡，張愛玲說：「我是個古怪的女孩，從小被目為天才，除了發展我的天才外別無生存的目標。然而，當童年的狂想逐漸褪色的時候，我發現我除了天才的夢之外一無所有——所有的只是天才的乖僻缺點。」我們很難說這種古怪和敏感有什麼不好，但也許因為她自知乖僻，而且以創作來撫慰自己的乖僻，所以在日後能成為一個名家。

腳踏車與拳頭

腳踏車被偷的他，向警察報案：「我恨不得痛宰那個賊！」在當拳擊教練的警察說：「你要向人挑戰，得先自己有兩下子。你何不學拳擊？」……。

一個十二歲的少年滿臉悲憤地走進警察局，報案說他的腳踏車被偷了，他咬牙切齒地說：「我恨不得痛宰那個賊！」因為他的家境清寒，父親是個油漆工人，他自己也利用課餘在打工，腳踏車被偷對他來說實在是損失慘重。

受理的警察名叫喬．馬丁，他瞧著少年說：「你要向人挑戰，得先自己有兩下子。你何不學拳擊？」馬丁會這樣說，因為他剛好是個拳擊教練，自己有家拳擊館，他覺得眼前這位少年是練拳的料子。

少年覺得這個主意不錯，於是開始到馬丁的拳擊館練習，後來更到格來士社區中心的史東納拳擊館接受更嚴格的訓練。他每天下午放學後，先到天主教學校的修女處打工，六點到八點在馬丁的拳擊館練習，八點到十二點又轉往史東納的拳擊館，勤練左快拳、右直拳、勾拳、躲閃等動作，每個動作都不停地做兩百次。

結果，他雖沒有痛宰那個偷車賊，但卻打敗州內的少年拳手，連續贏得六屆肯塔基州的金手套獎。他在校的成績奇爛無比，但他就讀的高中還是讓他順利畢業，該校校長有一次在教職員會議上說，這個學生將來「會使本校名聞遐邇」。他說對了，因為這個學生不久就在一九六〇年的羅馬奧運上贏得次重量級的拳擊金牌，四年後更打敗當時的重量級拳王李斯頓，成為世界拳王。

*

他名叫卡修斯·克萊，皈依回教後改名為穆罕默德·阿里。他當年就讀的高中是美國肯塔基州路易斯維爾的中央高中，現在上網去查，可以發現該校的「傑出校友欄」排名第一的正是穆罕默德·阿里，中央高中果然因他而留名。

阿里在成名後，提起他那不堪回首的學生生涯時，半開玩笑地說：「我說過我是最偉大的，但並不是最聰明的。」其實，條條大路通羅馬，誰說一定要聰明、一定要成績好才能有成就？阿里並非不學無術，他說過很多名言，而意味最深長的一句是：「如果能從發黴的麵包裡提煉出盤尼西林（抗生素），那從你身上也必然能找到什麼。」但不管那是什麼，都像阿里的拳頭，是苦練出來的。

終成大器的小器作

他從師父身上看到了「安於做個大器作」的命運，但他還年輕，他要擺脫這個命運，他要往上爬。「他們能學，難道我就學不成！」……。

某個秋日午後，一個少年木匠跟著師父完工回家，走在鄉間小路上，遠遠看見對面走來三個也是背著工具的木匠，他並不在意，想不到走近時，他師父卻側身垂手，站到路旁，滿臉堆笑向他們問好。但對方的態度卻很倨傲，愛理不理地交談幾句，就頭也不回地走了。等他們走遠，師父才拉著他往前走。

他訝異地問師父：「我們是木匠，他們也是木匠，師父為什麼要對他們這樣恭敬？」師父拉長了臉說：「小孩子不懂得規矩！我們是大器作（做大型家具的），做的是粗活，他們是小器作，做的是細活。他們能做精緻小巧的東西，還會雕花，這種手藝，不是聰明人一輩子也學不成的，我們大器作的人，怎敢和他們平起平坐呢？」

他聽了，覺得很不服氣，心想：「他們能學，難道我就學不成！」於是，他決心去學小器作。在學會雕花的小器作後，他還不滿足，又自己臨摹《芥子園畫譜》，想成為拿筆的畫家；然後又默寫《百家詩抄》，想在自己的畫上題詩。

＊

他名叫齊白石。在經過青少年時代的苦學、自學後，他的畫終於引起了傳統文人的注意，一些大師和名士紛紛收他為「門生」，而他也一步一步踏進高雅的藝術王國與上流社會，最後前往北京，成為蜚聲國際、讓畢卡索都豎起大拇指的中國畫家。

齊白石出身於湖南的貧苦農家，只讀過一年書。傳統的文人畫家喜歡以細膩、柔婉的筆觸去畫山水、花鳥、隱士；而齊白石卻喜歡用粗獷、有勁的線條去畫白菜、蜻蜓、蝦蟹等動植物，這當然跟他過去農人與工人的生活經驗有關。但更值得注意的也許是他那不甘心永遠只做個農人與工人的雄心壯志。

英國哲學家摩爾說：「現實能摧毀夢想，那為什麼夢想就不能摧毀現實？」十六歲的齊白石從師父身上看到了「安於做個大器作」的命運，他還年輕，他要擺脫這個命運，他要往上爬。「他們能學，難道我就學不成！」就是這種不服輸的志氣，使他「立志做個小器作」；但一山又比一山高，在不斷的召喚下，他一步一腳印地向上攀升，最後，竟到達了他在十六歲時連幻想都想不到的境界。

輯五——人面獅身像在對我微笑

在青春年華，我們以彩虹為衣，如黃道十二宮般勇敢前行。——愛默森

鐵橋（紐約 2017）

繼承父親的「衣缽」

當他十三歲時，父親看了他所畫的《鴿子》後，立刻把自己的調色板、畫筆和顏料都交給他，認為他已經後繼有人，而把希望都寄託在兒子身上……。

在西班牙的一所美術學校裡，一位少年望著在課堂上講課的老師，比其他同學都來得認真而且更具孺慕之情，因為這位老師正是他的父親。由於父親向校長請託，他才能在十一歲時就進入這所美術學校，接受父親正規的教導。

敏感的他覺得父親並不快樂，除了去美術學校外，幾乎從不出門；下班回家後，也只是在畫布上塗抹個幾下就擱筆，後來，連這點畫興也沒了，而成天坐在窗邊，看著窗外的風景，一任歲月消逝。

當他十三歲時，自己畫了一幅《鴿子》的習作，父親看了後非常振奮，立刻把自己的全套「衣缽」：調色板、畫筆和顏料都交給他，用意很明顯，認為兒子已充分展露他的才華，他已經後繼有人，而把希望都寄託在兒子身上。

不久，父親在住家附近租了一間房子，給他當個人工作室，讓他專心作畫，還每天去看他的進度。當他十六歲時，為了他的前途著想，父親又送他到首都馬德里的一所知名的美術學校就讀，接受更嚴格的訓練，並開拓他的視野。

*

他就是巴勃羅．畢卡索，後來成為很多人公認的二十世紀最偉大、最具創意的畫家。眾所周知，畢卡索喜歡「顛覆傳統」，包括顛覆他自己；當然，他也顛覆了父親想要他繼承的畫風和技巧，在青少年時代，還為「怎麼畫」經常和父親發生爭吵。但對於父親個人，他卻始終充滿了孺慕之情。

畢卡索後來說：「每當我在畫男人畫像時，總要想起父親；對我來說，男人就是唐．何塞，我的全部生命。」唐．何塞就是他父親的名字，有一段時間，畢卡索不只仰慕父親，還極度依賴父親；有些專家就指出，為了擺脫這種依賴，而使得畢卡索後來非常渴望自由，並將這種渴望轉移到繪畫創作上，結果有了令人嘆為觀止的成就。

詩人席勒說：「讓我們成為父子的不是血與肉，而是心。」看看一個最顛覆傳統、最叛逆的偉大藝術家如何談起他的父親、還有他對父親的想法和感情，應該可以給我們一些省思吧！

同中有異的哥們

儘管一個能言善道，一個害羞自閉，氣質很不一樣，但共同的興趣還是讓兩人奇妙地湊合在一起，而且互相欣賞……。

在美國加州，有一個高中生利用暑期去打工時，認識一位高他四屆的畢業校友，兩個人的名字相同，都叫「史提夫」，而且喜歡同樣的音樂和新奇的電子玩意，彼此很投緣，很快就成為經常在一起廝混的好朋友。

但兩人還是有相當的差異：他情感豐富、有藝術品味、對人與事有敏銳的直覺，而且能言善道；但那位朋友卻像個聰明的書呆子，是中學時代科學展覽中的常勝軍，雖然愛惡作劇，卻害羞自閉、喜歡機器更甚於人際關係。儘管氣質不一樣，但共同的興趣還是讓兩人奇妙地湊合在一起，而且還互相欣賞。

後來，他讀了半年大學，覺得沒什麼意思而主動退學，學禪修和書法，然後到一家電腦遊戲公司上班。這時，他的那位朋友在知名的惠普公司當工程師，因為買不起電腦而自行拼裝出一部個人電腦，他看了後，直覺這可以成為一個「大事業」，於是千方百計遊說那位朋友和他一起創業，朋友只需專心設計電腦和相關配備即可，其他事項包括工作場所、資金、員工、產品推銷等全都由他包辦。於是一家小小的公司就在他家的車庫裡正式掛牌開張了。

*

他就是名聞遐邇的史提夫．賈伯斯，而他的那位朋友名叫史提夫．沃茲尼克，那家在車庫裡成立的公司就是「蘋果電腦」。

現在大家一提到「蘋果電腦」，說的都是賈伯斯，但「發明」蘋果電腦的其實是沃茲尼克，有人因此而為他叫屈；不過沃茲尼克對此卻安之若素，因為他原本就不喜歡「拋頭露面」。賈伯斯和沃茲尼克兩個人的氣質和長處不同，不僅能互相彌補，而且互相需要，如果個別去單打獨鬥，都將只是個殘缺的跛腳者；但兩人分工合作，則如虎添翼，變得所向披靡。

宗教學者盧科克說：「沒有一個人能吹一闕交響曲，它需要一個樂團來演奏。」如果你渴望自己的生命能譜出動人的樂章，那你需要去尋找一個或多個和你「同中有異」的作曲者，而他們通常在你青春年少時，就已出現在你身邊。

從鬼門關裡被搶救出來

今天這個不夠好的我，是由先天後天的許多因素，加上童年的點點滴滴堆積而成。我無法將這個我拆散，重新拼湊，變成一個完美的我……。

「親愛的母親，我抱歉我來到了這個世界，不能帶給妳驕傲，只能帶給妳煩惱。但是，我卻無力改善我自己，我真不知道該怎麼辦才好……，今天這個不夠好的我，是由先天、後天的許多因素，加上童年的點點滴滴堆積而成。我無法將這個我拆散，重新拼湊，變成一個完美的我。因而，我充滿挫敗感，充滿絕望，對妳充滿歉意……。」

一個就讀台北二女中（現為中山女中）的高一女生，因為數學只考了二十分，老師要她拿「請家長嚴加督導」的通知單回家蓋章。回家後，卻看到妹妹因為沒考一百分（得了九十八分）而痛哭，她拖到深夜才將通知單交給母親，母親一看，整個臉都陰暗了下來，責怪她不用功，「為什麼妳一點都不像妳妹妹？」

她心中一陣絞痛，奔出屋外，伏在圍牆上，瘋狂地掉眼淚。自從上初中（北一女）

後，除了國文外，她的數學、理化等科目都是一團糟。因為弟妹的功課都很好，所以父母認為她不是笨，而是不專心、不用功。但她實在無法勉強自己去讀她不喜歡的科目。

在孤獨、痛苦和無助下，她寫了上面那封信給母親，然後找到母親的一瓶安眠藥，整瓶吞下去。

＊

她名叫陳喆。仰藥輕生後，再清醒過來，已是幾天後的事；幸好家人發現得早，及時送醫急救，才將她從鬼門關裡搶救出來。也幸好她沒有因一時衝動而斷送年輕的生命，否則她自己和很多讀者都會因此而扼腕跺腳，因為她就是後來寫出《窗外》、《煙雨濛濛》、《月滿西樓》等知名言情小說的瓊瑤。

瓊瑤後來說很多人看到她，「總覺得我是一個被命運之神特別眷顧的女人，擁有很多別人求之不得的東西。可是，誰能真正知道，我對『成長』付出的代價呢？」成長有艱難的一面，特別是當自己沒興趣、再怎麼學也學不來，而又被父母或老師誤解時，那種悲涼和痛苦的確很難熬，但再怎麼痛苦，都不值得你以「付出生命」做代價。

每一個勝利者身上都帶有傷疤，每一個英雄都有不為人知的痛。一個人只有在掙扎、學習與克服中，才能真正成長，成為英雄與勝利者。

神童不再，僕役難當

他嚮往成為一個偉大的藝術家，但卻處處受到限制，形同僕役；他渴望能擺脫這一切，因為他只有十七歲，來日方長……。

一個俊秀青年正愁苦著臉，悶悶坐在德國薩爾斯堡大主教的前廳裡等候指示。他是大主教宮廷樂隊的樂長。自從老主教過世，換了一個新主教後，他的命運也跟著改變了，不僅必須創作、演奏符合主教和客人口味的音樂，而且還不准外出，未得許可不准做任何演出。他嚮往成為一個偉大的藝術家，但卻處處受到限制，形同僕役；他渴望能擺脫這一切，因為他只有十七歲，來日方長。

他四歲就會作曲，六歲開始就被父親帶著到各地表演鋼琴、管風琴、小提琴，獲得多少王公貴族和大音樂家的如雷掌聲，人人豎起大拇指稱他是「音樂神童」，載著他的馬車在歐陸不斷奔馳，那是何等的輝煌與風光啊！但隨著年歲的增長，他慢慢感受到自己的這種巡迴表演看似熱鬧，其實更像奧地利女皇所說的：「誰要是像乞丐一樣，在世界上到處遊蕩，他的服務就變得一文不值。」

他已經長大，無法永遠當「神童」，也不再是「僕役」，他知道什麼是偉大的音樂，他要走自己的路。他說：「人總有個自尊心，我雖不是伯爵，可是比起某伯爵，我可能有著更強的自尊。」

*

他就是阿瑪迪斯．莫札特，三十五歲就英年早逝的他，大概就是以「自我覺醒」的十七歲做為人生的分水嶺。越過這個分水嶺，他和大主教、父親的衝突日益加劇，最後終於離開薩爾斯堡，到巴黎和維也納去追求自己的人生和音樂。和前半生的輕快與風光相較，莫札特的後半生是沉重而落寞的，但他最偉大的創作卻也都來自這個時期。

莫札特早年風光的「神童表演」對他後來的人生和創作到底是好還是壞，論者莫衷一是。人生總是有苦有樂、有起有伏，先後順序也不是你想怎樣就能怎樣，但所謂「消長生剋」，對別人的「太早得意」，我們似乎不必有太多的羨慕或嫉妒；而對自己的「太早得意」更應該有所警惕，因為你不可能永遠得意下去，最少不可能永遠當「神童」。人生的道路相當漫長，從先後順序來看，「苦盡甘來」的人生似乎比「甘盡苦來」更能忍受、也更值得期待。

被合唱團拒於門外的歌手

當時他家面對的就是黑人的貧民窟，每天晚上，他都聽到從那裡面傳來發洩情緒的深沉而又宏亮的歌聲，引起他的共鳴……。

聖誕節快到了，一位少年面臨抉擇——父親要他在一部自行車和一把吉他間挑一樣做聖誕禮物，結果他挑選了吉他。這讓父親很高興，不只因為吉他的價錢只有自行車的四分之一，更因為他發現兒子已懂得把個人興趣置於世俗價值之上。

從小就喜歡哼哼唱唱的他，纏著舅舅和叔叔教他彈吉他，從此開始自彈自唱的快樂生活。他住在黑白雜處的美國南方，除了在學校和教堂唱歌外，他更喜歡聽電台節目，節目有專門放給白人聽的白人音樂和專門放給黑人聽的黑人音樂，彼此涇渭分明，但他卻兼容並蓄，甚至更喜歡黑人音樂，雖然他是個白人。

在上高中後，喜歡唱歌的他興沖沖地想加入學校的合唱團，但資深團員在聽他高歌一曲後，卻諷刺地說他的聲音不適合參加合唱團。受到打擊的他變得憤世嫉俗，在生活、打扮、音樂方面都開始反傳統。當時他家面對的就是黑人的貧民窟，每天晚上，他都聽到從那裡面傳來發洩情緒的深沉而又宏亮的歌聲，引起他的共鳴。於是他認真吸收其中的元素，慢慢形成自己的風格。

*

這個被合唱團拒於門外的高中生叫做艾維斯·普里斯萊，也就是後來被暱稱為「貓王」的世界搖滾樂之王，共發行過七十七張唱片和一〇一支單曲，全球總發行量超過十億張；另外還舉辦過一千多場演唱會。當年嘲笑他「不會唱歌」的那些人，大概要為自己的「狗眼看人低」羞愧得無地自容。

普里斯萊的成功有一大部分來自他是個「唱黑人音樂的白人」，而且唱得如此感人，有人因此說他對消除種族偏見所做的貢獻要比很多政治人物都要來得大。他在舞台上的「抖腿」動作也讓很多觀眾痴迷，但據說那是他十九歲時第一次公開上台演出時，因為太過緊張而雙腿不停抖動所致（當然也有一些掩飾性動作），想不到卻大受歡迎，結果以後就如法炮製，而成為他的「註冊商標」。

「貓王」的故事再度告訴我們，沒有什麼是一成不變的，只有在不斷的接納和嘗試中，我們才會發現新的可能。

人面獅身像在對我微笑

十七、八歲時，他每個禮拜有兩次專程從開羅前往吉薩，坐在金色的沙丘上，忘情地凝視著前方的金字塔和人面獅身像，久久不忍離去……。

一八九八年，一個十四歲的阿拉伯少年，隻身從美國搭船前往黎巴嫩。兩年前，他和母親及兄妹移民到波士頓，住在唐人街，接受美式教育；在發現自己對文學、繪畫的喜愛與天分後，他決定重返自己血緣、歷史與文化的原鄉，再度面對讓他愛恨糾纏的阿拉伯世界。

他的心情相當複雜，因為他的出生地——黎巴嫩的濱海村落，曾孕育了多種文明，出現過無數先知，而衝突與戰爭也從未間斷；他雖然是阿拉伯人，但家裡信奉的卻是基督教；雖然熱愛阿拉伯文化，但卻對當前統治者的蠻橫感到悲憤。在回到故鄉的頭幾年，他一面學習，一面寫文章對各種政治、宗教、文化問題發表看法，提出針砭。

十七、八歲，當他逗留於埃及時，每個禮拜有兩次專程從開羅前往吉薩，坐在金色的沙丘上，長時間忘情地凝視著前方的金字塔和人面獅身像，久久不忍離去。在日後的書信（文章）裡，他說：「那時候，我是個十八歲青年，在藝術現象面前，有著一顆如同小草在颶風面前般顫抖的心。那個人面獅身像對我微笑著，讓我心中充滿甜蜜的惆悵和欣悅的淒楚。」

*

他就是後來寫出《先知》、《沙與沫》、還有無數動人詩篇的卡里．紀伯倫。西方文評家說他的作品就像是「東方吹來，橫掃西方的風暴」，具有強烈而讓人著迷的神祕主義色彩與東方意識。這除了他的先天氣質、成長背景外，與他的凝視金字塔和人面獅身像更有著奇妙的關係。也許可以這樣說：他的詩人氣質使他喜歡凝視金字塔和人面獅身像，而長時間的凝視金字塔和人面獅身像，又強化了他作品中的神祕與宗教氣息。

所謂「自我追尋」，經常是你的靈魂透過眼睛這個窗口去尋找與它契合的對象，然後在長時間而忘情的凝視中，你聽到一種召喚，受到某種啟迪，看到一個許諾，於是你發現、你相信那就是你想要追尋的東西。

荷蘭畫家梵谷說：「凝視星星，讓我作夢。」如果你想發現你的自我，找到你的夢想，那就要去尋找一個能讓你心嚮往之，可以忘情凝視的對象。

在街燈下朗讀英語的逃難者

他從小只會說潮州話，根本沒接觸過英語，原本在內地成績不錯的他，到了香港這個國際化的大都市，在學校裡面臨了很大的壓力……。

夜深人靜，在香港某條街道的路燈下，一個少年捧著課本在那裡高聲朗讀英語。英語必須讀出聲音，為了怕影響到家人休息，所以他總是一個人到街燈下朗讀。

他們一家人剛從潮州逃到香港來，在進入香港的初中就讀後，他感到既不安又自卑，不只因為人生地不熟，同學們講的都是他聽不太懂的廣州話，而且很多科目都用英語教材，但他從小卻只會潮州話，根本沒接觸過英語，原本在內地成績不錯的他，到了香港這個國際化的大都市，在學校裡卻面臨了很大的壓力。

他父親似乎看出了他的心事，安慰他只是起步較慢而已，不必為此感傷自卑，並再三強調：「在香港，想做大事，非得學會英語不可。」他是想做大事的人，所以下定決心學好英語，不只在上學和放學途中，邊走邊背誦英語單字；還在夜深人靜時，站到街燈下高聲朗讀；夢想著一個光明遠大的未來。

孰料三年後，他父親突然病逝，他被迫中途輟學，當推銷員養家活口，但他還是抽出時間進夜校就讀，而且不間斷地自學英語，因為他是個想做大事的人。

*

他就是李嘉誠，後來不僅做出了一番大事業，而且成為全球的華人首富。

李嘉誠出身廣東潮州的書香門第，父親做過小學校長。雖然有這樣的背景，但後來卻流落他鄉，十五歲就輟學當推銷員，說起來還真是坎坷。但李嘉誠似乎從未「自憐身世」，當他們一家逃難到香港時，父親就告訴他今後要認真「學做香港人」，這似乎在反映潮州人的一種特質——不管走到哪裡，都會積極地融入當地的社會和文化中，所以世界各地都有事業有成的潮州華僑。

自憐身世又有何用？緬懷美好的過去只是在平白斷送可能更加美好的未來而已。事態既然已演變至此，那就要擦乾眼淚往前看，看看為了能有一個美好的未來，你目前最需要做的是什麼，然後就按部就班、專心、有恆地去將它們一一實現。就像李嘉誠後來對所有年輕人的忠告：「人，第一要有志，第二要有識，第三要有恆，有志則斷不甘為下流。」

缺少謙虛就是缺少見識

他和一個朋友為了某個問題而爭辯得面紅耳赤，回家後意猶未盡，又將自己的新論點寫成一封信寄給對方……。

有一個好勝心強的少年，不僅愛讀書，而且愛與人爭辯，能以口才和學識壓倒對手，成了他平淡生活中的一大樂事。

有一次，他和一個朋友為了某個問題而爭辯得面紅耳赤，但在未分勝負的情況下就分手了，回家後他意猶未盡，又將自己的新論點寫成一封信寄給對方，而對方也回信反駁，你來我往各寫了三、四封信，辯得不亦樂乎。但好辯的脾氣慢慢變成一種壞習慣，他發現原本愉快的交談變得劍拔弩張，一些朋友還因此反目成仇。

後來他讀到色諾芬著的《蘇格拉底回憶錄》，書中舉了很多蘇格拉底辯論方法的實例，他認真研讀，才曉得自己過去是多麼地自大、淺薄、粗暴、固執而又無知。只有所知不多、閱歷有限的人才會自以為知道很多，而且對自己的「正確性」無所懷疑。

於是，在和他人辯論或溝通時，他避免再用「必然的」、「無疑的」這類固執而肯定的用語，而改用「我以為」、「依我看來它似乎是」、「我想它是這樣，如果我沒弄錯的話」這類謙虛、不確定的用語，結果發現這種不想壓倒對方、不堅持己見的態度不僅更能讓對方信服，而且還讓他交到更多朋友。

*

他就是班傑明．富蘭克林，後來不僅成為美國知名的政治家、科學家，也是傑出的作家和外交家，真可謂多才多藝，人間龍鳳。但他的成功，特別是在政治和外交領域裡的表現，除了個人才華外，更重要的是他不固執己見，總是以謙虛的態度表達自己的意見，同時尊重和樂於聽取別人的意見。

像富蘭克林這樣一個才華出眾的人，在青少年時代會心高氣傲、睥睨一切、夜郎自大、炫耀所學，其實相當容易理解。但也許因為他又多讀了一些書，知道山外有山、天外有天，即早認識到自己的少不更事，而開始以謙卑的態度來待人處世、追求知識，所以有了比其他同儕更燦爛的前程。

只有所知不多的人，才會認為自己知道很多，而且自己知道的那點東西很重要、很精確，逢人就說個不停。「缺少謙虛就是缺少見識」，十六歲的富蘭克林如是說。

想當學者，卻選擇去旅行

父親要他在留在漢堡，上他的文科中學，走他的學者之路；或者陪父母周遊歐洲列國數年，回來後去學做生意兩者間做選擇……。

在德國漢堡，有一個少年因為父親想要他繼承家業，而去讀一所有名的私立商業學校，該校的數學課教的是歐洲各國的幣制，以及它們之間的兌換；地理課教的是貿易的交通路線、土地的收成；另外還有社交禮儀、舞會等等課程和活動。

十五歲畢業後，他原本應該像其他同學到一些商行實習，「學做生意」；但他卻告訴父親，他不想做商人，而希望當學者，想去讀文科中學。這讓父親很失望，見多識廣、手段圓融的父親最後提供兩個選擇，要兒子自行決定自己的前途：「一是留在漢堡，上他的文科中學，學他的拉丁文，走他的學者之路；一是陪父母周遊歐洲列國，這趟旅行可能持續數年，但旅行一結束，就回到大商人延尼施身邊，去學做生意。」

父親是想藉此提醒他：如果你要當學者，那「你現在就必須放棄享受」。結果，他做了父親預料中的選擇：和家人一起去旅行。各國的名勝古蹟、風土民情讓他眼界大開、心醉神迷，但隨著旅行的接近尾聲，他也愈來愈顯得不安，因為一間庸俗的商務辦公室的門已經打開來，在那裡等著他。

就在他學做「商人」沒多久，父親卻因意外而過世，母親結束父親的生意，他也順理成章地改去念他喜歡的文科中學。

*

他就是後來寫出《意志與表象世界》的知名哲學家阿爾圖爾．叔本華。如果不是父親的突然過世，那麼叔本華可能成為一個不錯的漢堡商人，但世界卻會因此而少了一個偉大的哲學家。

人生來自你自己的選擇，但什麼是「正確」的選擇其實很難講。叔本華後來在回顧這個選擇時說，這趟旅行雖然花去了他兩年的青春歲月，但它的收穫遠遠大於可能的損失，因為旅途中的觀察與思考讓他獲益無窮。事實上有人就指出，如果叔本華當初放棄旅行而直接去讀文科中學，那也許只能當一個平凡的教員，而無法成為偉大的哲學家。

很多人把自己現在的不幸歸咎於當初的選擇，其實，人生不是只有一次選擇，重要的不是你做了什麼選擇，而是你對自己的選擇做了什麼。

拒絕整型的少女演員

攝影師建議她如果想當演員，最好先去整型，但她說：「我不打算換鼻子，如果攝影師不喜歡燈光打在我臉上的效果，那應該改變的是他們打燈光的方式……。」

有一個義大利女孩，出身於貧苦家庭，在二次大戰中長大，小時候經常向美軍要糖吃。十四歲時參加那不勒斯的選美大賽，雖然進入決賽，但並未勝出。後來參加演員訓練班，十六歲時，她到羅馬闖天下，想要當個演員。

但在第一次試鏡時，攝影師就對她的長相和體態有意見，說她的嘴唇太厚太闊，鼻子太過突出，胸部雖然吸引人，但臀部也有點怪，而建議她如果真想當演員，最好先去做鼻子和臀部的整型。

但她卻說：「我不打算換鼻子，如果攝影師不喜歡燈光打在我臉上的效果，那應該改變的是他們打燈光的方式。我喜歡我的鼻子，必須保持它的原狀；至於我的臀部，那也是我的一部分，我只想保持我現在的樣子。雖然我不漂亮，但我覺得我很有特色。」

她對整型的要求堅決說「不」。

也許就是這種堅持做自己的特色，使得導演卡洛．龐蒂對她另眼相看，不僅給她演出的機會，而且讓她在電影裡充分展現她與眾不同的特質。

*

她就是蘇菲亞．羅蘭，後來成為榮獲奧斯卡最佳女主角和終身成就獎的國際巨星。一九九九年，她還被美國電影學會選為百年來最偉大的女演員之一，亦被評為本世紀最美麗的女性之一。二〇〇六年，七十一歲高齡的她，更在英國線上調查網站「世界上最具自然美的人」的評選中，力克眾俊男美女，拿下第一名。

蘇菲亞．羅蘭也許不是最美麗的女人，但的確是最具自然美的。就像當初她希望攝影師「改變打燈光的方式」一樣，堅持自己本色的她也改變了世人對「美麗」的定義或看法，她的鼻子和臀部如今看起來也都很「美」，散發出令人難以言說的「異樣魅力」。但這種魅力、這種改變，都來自她獨特的氣質和精湛的演技，是她自己努力的成果，而不是花錢請整型醫師製造出來的。

就像她所說：「美不是具體的事物，而是內心的感覺，反映在你的眼睛裡。」心靈之美比肉體之美更持久，而且完全操之在我。

因為重聽而擁抱電報機

他發現重聽不僅不會妨礙他聽電報機卡卡的聲音，甚至反而更有利，因為他聽不到其他聲音，而能專心注意電報機的聲音……。

在每天穿梭於底特律和休倫港的火車上，一個十二歲的少年扛著比身體還大的販賣箱，沿途販賣報紙和點心。有一天早上，列車開動後，他才一手抱著報紙，一手捉住鐵欄杆，跟著列車跑，想爬上車廂。車長見狀，伸手捉到他的耳朵，拉他上車。就在這時，他感覺到耳朵中有什麼東西破裂了，從此以後，他就變成了重聽，然後愈來愈惡化，最後幾乎成了耳聾。

他愈來愈聽不見別人在說什麼，這使他在人際溝通上產生困難，變得比以前孤獨，不喜歡見人，而把更多時間投注在閱讀和他喜歡的科學實驗上（車長允許他在貨車車廂裡做個簡單的實驗室），後來因實驗室失火，他連實驗也不能做了，但他很快將興趣轉移到鐵路運輸的重要通訊系統——電報收發機上頭。

他發現他的重聽不僅不會妨礙聽電報機卡卡的聲音，甚至反而更有利，因為他聽不到其他聲音，而能專心注意電報機的聲音。在研究火車站的電報機一段時間後，他就自己製造了一部改良的電報機，十六歲時，他得到二級電報技師的資格，開始提著簡單的行李，流浪各地，幫人家維修電報機。

＊

他就是後來發明電燈、電影、留聲機的湯瑪斯．愛迪生。改良電報機是他踏上發明之路的第一步，而他會選擇電報機，有一部分原因是因為他的重聽。坊間傳說他是因為火車裡的實驗室失火，被憤怒的車長打了一個大耳光所致，但愛迪生自己親口說那是車長為了幫助他（拉他上車）才造成的。

重聽是一種缺陷，愛迪生曾在日記裡哀嘆「沒有再聽過小鳥的歌聲」，但他很快收起悲傷，往好的一面去想：「因為我處在與外界隔絕的狀態，所以我能夠徹底地想事情」，他不必去理會有正常聽覺的人所無法忍受的事情，也不必受各種噪音的干擾，而讓他能更集中精神去思考和工作，最後，他愉快地說喪失聽覺「讓我受益無窮」。

凡事有弊就有利，重聽、目盲等雖然都是缺陷，但若能善加利用，那麼「缺陷」也能變成「優點」。

那一夜，我打定了主意

一句讚美的話從他最崇拜的老師口中說出，對他起了難以想像的作用；那一晚，成了他人生重要的關口……。

民國初年，一個十六歲的青年從石門灣鄉下來到杭州，就讀浙江省立第一師範。第一學年的學校生活枯燥而又僵化，讓他頗為失望。

但在第二年，他遇到了一位從日本留學回來的名師。這位老師雖然只教圖畫、音樂，但他的國文比國文老師更精通，英語比英文教師更流利；而且教學認真，總是在上課之前就先在黑板上寫好要講的內容，坐在教室裡等學生，等上課鈴響，他站起來深深鞠一個躬，才開始講課。

他非常崇拜這位老師，原本就喜歡畫畫的他，幾乎是著迷地跟這位老師學畫。有一晚，他有事去找老師，在告退時，老師又把他叫回來，鄭重地對他說：「你的畫進步很快，在我所教的學生當中，從來沒見過這樣快速的進步！」這句讚美的話，特別是出自自己最崇拜的老師口中，對一個容易衝動的十七歲學生起了難以想像的作用。幾十年後，他回憶起當晚的談話，仍有點激動地說：「先生的這幾句話，確定了我的一生，可惜我不會記下年、月、日、時，這一晚一定是我一生的關口，因為從這晚起我便打定主意，專心學畫，把一生奉獻給藝術，永不變志。」

＊

他名叫豐子愷，後來成了開創近代中國漫畫新格局的美術宗師，也是散文名家。而那位讓他感念不已的恩師則是李叔同，民初名士，後來落髮為僧，被人尊稱為「弘一大師」。豐子愷深受李叔同影響，不僅以藝術為職志，後來也留學日本，也以佛門弟子自居，思想超塵出世。

希臘哲學家蘇格拉底說：「教育是點燃一個火苗，而不是填滿一個容器。」為我們點燃火苗的一定是老師，而不是課本或知識；就像我們在回憶自己受教育的經驗時，想起來的總是老師，而不是方法和技術。師生關係是一種非常特殊的人際關係，一個好的老師總是扮演著喚醒者與引導者的角色，他喚醒我們對理想的憧憬、對自己的期望；引導我們來到知識殿堂的入口、來到自己心靈的門檻。「師父引進門，修行靠個人」，一個修行有成的學生總是對引他進門的老師懷著無限的感念。

城市（紐約 2017）

輯六——七位少女的祈禱

在年輕人的頸項上，閃爍著志業的高尚光輝，無任何珠寶能及。——哈菲茲

少年ㄝ，明天再來吧！

暑期結束時，領班誇獎他「真會拖地，把地拖得真乾淨。」要他「明年再來吧！」他也高興地答應，但希望能「不要再拖地板」……。

在紐約南布朗區，一個剛上高中的男生拿著母親給他的信，要到郵局去寄信。走到街口的一家玩具店門前，白頭髮的老闆勾著指頭召喚他，問他想不想賺點錢，然後帶他到店後面的倉庫，要他將卡車上的聖誕節商品卸下來。不久，老闆過來看他的進度，驚訝地說：「你真是個天生的工人，明天還來不來？」

從那天起，他就成為這家玩具店的臨時工，利用空閒的時間賺「勞力錢」。有一年暑假，為了天天有工作，他改到百事可樂的一家裝瓶廠當清潔工，報到時，有人交給他一把拖把，要他把人車進出的地板擦乾淨。這個工作相當吃力，但因為一個禮拜可以賺六十五元，他還是很樂意去做。有一次，堆高機一不小心掉下三百五十箱百事可樂，黏答答的可樂泡沫氾濫整個地板，但他還是把地板清理得乾乾淨淨，閃閃發亮。

暑期結束時，領班誇獎他「真會拖地，把地拖得真乾淨。」要他「明年再來吧！」他也高興地答應，但希望能「不要再拖地板」。第二年暑假，他果真又來報到，而且進了裝瓶廠，最後還當上副領班，學到了很多在學校課堂上學不到的寶貴經驗。

＊

他名叫柯林．鮑威爾，當年念的是「只要你想來，就會讓你進來」的莫瑞斯高中，大學讀的是紐約市立學院的機械系，但讀了兩年就讀不下去了，而報名參加預備軍官訓練班的高級班。到了軍中，他發現自己似乎成了「天生的軍人」，不僅如魚得水，而且充分發揮自己的潛能，後來擔任美國三軍參謀首長聯席會議主席，是波斯灣戰爭中的英雄；退役後，更出任柯林頓政府的國務卿。

鮑威爾還在軍中時，在對部屬精神講話時，經常提到他青少年時代當工人的經驗，他以過來人的身分告訴年輕人：「任何工作都代表一種榮譽，只要你盡心盡力去做，總會有人注意到的。」即使一時沒有人注意到，但只要養成「凡事全力以赴」的習慣，那麼遲早有一天，你也能靠這個而出人頭地，讓人注目。

鮑威爾說自己是個「天生的工人」，多少有自我調侃的意味；其實，不管是工人、軍人、詩人或商人，只要認真去做，每一個召喚都是偉大的。

七位少女的祈禱

當她放開摀住自己秀麗臉龐的雙手時，她下定決心，身為一個波蘭人，她有責任為她的民族和國家做一些事……。

在波蘭華沙的公立女子中學，有一位清秀的女學生，她聰明而又認真學習，每次考試都是第一名。但她並不快樂，因為當時波蘭受俄國統治，敏感的她對大家只能卑屈地在沙皇的淫威下生活，感到非常鬱悶。

有一天，同學庫妮卡悲痛地告訴她一個不幸的消息：庫妮卡的哥哥因參加反抗俄國統治的叛亂團體而被捕，明天早上就要執行死刑。在課堂上，她無心聽講，腦海裡一直浮現絞架、劊子手和一個燃燒熱情的青年臉龐。當天放學後，她和幾個同學到庫妮卡的家陪伴她。小小的房間裡瀰漫著憤怒與悲傷的氣息，憤怒的是俄國人一再屠殺自己的同胞和親人，悲傷的是他們似乎只能束手待斃。

她們一直守候在庫妮卡的身邊安慰她，用冷水浸敷她哭腫的眼睛。當窗外出現黎明的曙光時，她的表情嚴肅而悲悽，因為此時正是庫妮卡的哥哥生命結束的時刻。她和其他六個少女跪下來，祈禱一位愛國志士的安息；當她放開摀住自己秀麗臉龐的雙手時，她下定決心，身為一個波蘭人，她有責任為她的民族和國家做一些事。

＊

她名叫瑪妮雅．斯克羅德夫絲卡，但後來卻以「居里夫人」的名號為世人所知，因為她後來負笈巴黎，嫁給法國科學家皮埃爾．居里。三十六歲時，她和丈夫因對鐳的研究而榮獲諾貝爾物理獎；四十四歲，又以純鐳的製造再度獲得諾貝爾化學獎。

雖然大家都稱她為「居里夫人」，但在提到她時，大家想到的並不是她的丈夫，而是波蘭——她念念不忘的祖國。三十一歲時，她將她和丈夫發現的一種新元素命名為釙（PO），就是為了紀念她那從歐洲地圖上消失的祖國波蘭。六十五歲時，她最後一次回到華沙，受到同胞熱烈的歡迎。當時波蘭已經獨立，而總統正是三十三年前在巴黎得到她幫助的一位革命同志；從同胞們那充滿希望的眼中，她想起自己在少女時代的悲悵與許諾，不禁熱淚盈眶。

「如果眼睛沒有淚水，靈魂也不會有彩虹。」國家興亡，匹夫有責，居里夫人為自己找到了最適合的報國途徑，以她的才智、努力和行動，將淚水化為彩虹。

大隻雞慢啼

當時是國內青少棒的鼎盛時期，但他並沒有受到特別的注意；也不像其他運動員好動而毛躁，沉默寡言的他以一顆平靜的心，默默地在那裡練球⋯⋯。

在台南，有一個人從小就長得比別人高大，又喜歡運動，所以讀小學時就是籃球校隊，當時他心目中的偶像是美國NBA巨星麥可．喬丹。學校教練問他想不想打棒球，他覺得「試試也好」，於是又加入了棒球隊，因為人高馬大，主要擔任一壘手。

國中時，他念的是體育班，已將重心轉移到棒球，並接受投手的訓練。每天在學校和棒球場間來來去去，除了練球還是練球。從國一到國三，他的身高從一六五拉到一八五公分，但卻瘦得像根竹竿，影響到他投球的威力。當時是國內青少棒的鼎盛時期，優秀的投手如雲，他並沒有受到特別的注意，有一陣子還改練一壘手，也無緣成為國家代表隊的國手。

很多運動員都好動而毛躁，但他卻沉默寡言，而且有一顆平靜的心，沒沒無聞的他默默地練球，期待有一天能像他的新偶像——多倫多藍鳥隊的投手「火箭人」克萊門斯，成為投出強力好球、威震八方的投手。

雖然他還未嶄露頭角，但卻志在千里，而且心懷感恩，在國中的畢業紀念冊上寫著：「張教練！改天我們加入職棒N年，您將是咱們的總教練！」

*

他，就是王建民。在從台南建興國中畢業後，他北上就讀中華中學，這時他長壯了，球技也獲得突破，而成為中華青棒代表隊的投手，但還未如郭泓志那般受期待；直到念台北體育學院時，才被美國洋基隊的球探相中，然後成為揚名大聯盟的王牌投手。

就發展的軌跡來說，王建民是屬於「大器晚成」型的。他的能夠「晚成」有兩個原因：一是他有一顆安靜而平穩的心，不躁動冒進，耐得住寂寞，一邊苦練、一邊等待最佳時機的來臨；一是他遇到好的老師及教練，他國中的棒球教練張錫杰為了怕影響青少年發育，不鼓勵他猛投變化球，以免傷害到手臂，正所謂「留得青山在，不怕沒柴燒」，在少棒和青少棒時的沒沒無聞，反而使他逃過一劫。

伊索在說了龜兔賽跑的寓言後，說：「緩慢而穩定，贏得賽跑。」所謂「欲速則不達」，在這個過度強調速度的年代裡，我們更需要以寧靜的心去「慢工出細活」。

一個巡迴演員的悲傷與歡樂

哥哥在信中提起住在瘋人院的母親的近況，並責怪他「沒有回信」。讀到這裡，他忍不住掉下淚來，他不是不想回信，而是因為他識字不多，不太會拼字……。

某個星期天的晚上，一個十四歲的少年憂愁著臉，在英國北方一個陌生城鎮的黑暗大街上踽踽獨行。他隨著劇團離開倫敦到各地巡迴演出已經六個星期，雖然一切看起來都很新奇，但他並不快樂。

風中傳來教堂的叮噹鐘聲，聽在他耳裡是那樣的悲涼，恰像是他心情的一種共鳴。他在《福爾摩斯》這齣戲裡扮演僮僕畢利，雖然觀眾對他的演出給予喝采，但劇團團員對他卻很冷淡，他只能獨來獨往。今天早上他利用空檔到菜市場買了一點肉和菜，拜託住處的房東太太幫他烹煮，也算是對自己的小小慰勞。當多數像他這樣年紀的人都還在父母身邊快樂地生活或求學時，他卻必須為了餬口而四處奔波，飽嘗人間冷暖。

回到寄宿的斗室，他在燈下展讀哥哥的來信，哥哥向他提起住在瘋人院的母親的近況，然後責怪他「沒有回信」。讀到這裡，他忍不住掉下淚來，他不是不想回信，而是因為他識字不多，不太會拼字；他更非不關心母親，事實上，這趟巡迴演出他一路省吃儉用，心中唯一讓他感到溫暖的念頭，就是回到倫敦後能租間房子，布置得像個「家」，然後將母親接回來同住。

*

他名叫查理．卓別林。回到倫敦後，他果然和哥哥租了間公寓，將病況好轉的母親接回來同住。眾所周知，卓別林後來成為國際知名的喜劇泰斗，但他早年的生活相當悲慘，七歲時即因父親過世、母親罹患精神病住院，而和哥哥被送進倫敦的貧民習藝所。這樣一個走過極端悲慘與困苦歲月的人，為什麼在日後能帶給世人無盡的歡笑？除了個人的演技外，他是怎麼克服自己的心理障礙的？

有人說卓別林是「以喜劇的方式來呈現悲劇」，但更真實的情況也許是他自己所說的：「我們必須在面對無助時大笑，並藉此抗衡自然的威力——不然我們就會發瘋。」也就是說，他是以喜劇的方式來「看待」自己和人類的種種不幸。只能以悲慘的方式來看待自己的不幸，那才是真正的「悲慘」；生活就是在「刺上舔蜜」，改用喜劇的方式來看待人生的荊棘，即使不能造就另一個卓別林，也能讓人生增加歡樂。

在法律與醫學的岔路上

他們經常在一起，彼此鼓勵並高估了自己的批評與判斷能力，而且相信自己將在世界上占有一席之地……。

在奧地利的維也納，有個功課很好的男孩，從小學到中學，幾乎每年都是班上的第一名。在中學的歷史課堂上，當讀到普尼克戰爭時，他跟其他同學有點不一樣，他認同的並非羅馬人，而是腓尼基人；因為他是猶太人（腓尼基人和猶太人同屬閃族），腓尼基的大將漢尼拔是他中學時代最崇拜的偶像之一，也是他心目中的「民族英雄」。

雖然他的成績很好，但他已察覺到同學間及社會上瀰漫著一股反猶情緒，他覺得向大家證明自己的能力是他最好的武裝。在剛上中學就認識的布勞恩成了他的親密戰友，布勞恩教他對社會的既定秩序採取嫌惡與反動的觀點；他們經常在一起，彼此鼓勵並高估了自己的批評與判斷能力，而且相信自己將在世界上占有一席之地。

年輕人的好奇心使他對人類事物、自然科學及自己的未來充滿想像，在布勞恩的影響下，他原本決定要在大學裡攻讀法律，但剛興起的達爾文進化論也深深吸引他，覺得它似乎能為進一步認識世界提供希望。高中畢業前，他聽到布魯爾教授在講堂上大聲朗誦歌德所寫關於「自然」的美妙論文，深受啟發與感動，於是改變主意，決定成為一名醫學生——研讀「人的自然科學」，也就是醫學。

*

他名叫西格蒙．佛洛伊德，後來成為舉世聞名的精神科醫師，也是精神分析學說的創立者。他年輕時對自己因為是「少數民族」而受到排斥一事頗不以為然，但他堅信「一個積極努力的工作者，不至於無法在人文的架構裡找到立足之地」，積極的努力不只使他出人頭地，而且與愛因斯坦、馬克斯同列「影響現代人類的三位猶太人」。

在高中時代，原本想攻讀法律的他最後卻選擇了醫學，這種轉變似乎很大，而從佛洛伊德的故事我們也可以看出，在決定自己未來人生的走向時，除了父母與朋友的影響外，也應該從閱讀、聽演講等各種管道獲得資訊，增加自己的選擇機會。但不管選擇什麼，就像佛洛伊德自己所說，好奇心、求知慾與對人類知識做出貢獻、相信自己將在世界上占有一席之地的抱負才是背後真正的動機，也是成功的動力。一如小說家約翰．巴斯所言：「每一個人都需是他自己生命故事的英雄。」

穿越「新娘小徑」的瘸子

這句話像一把利刃刺進他的胸膛，他強忍淚水，立刻轉身，一拐一拐地跑過森林，回到古堡，關上房門，抱頭痛哭……。

在英國，有一個十五歲的中學生，某年暑假來到紐斯台德的一座古堡作客。古堡外面是一片森林，穿過名為「新娘小徑」的林中路，可以到一戶人家，那裡住著一位美麗的姑娘。姑娘比少年大兩歲，少年第一次見到她，就為之神魂顛倒，多愁善感的他覺得她就像是中世紀傳奇裡的純真公主，而他則是要來拯救她、帶她遠走高飛的王子。

但美麗的姑娘一點也不純真，她已經和一名財主訂婚，不過為了得到更多男士的讚美和崇拜，她並沒有拒絕少年的熱情。不明就裡的他竟因此而欣喜若狂，不斷在心裡編織愛情的迷夢。有一天，當他又到姑娘家去時，卻在樓下聽到他的心上人對女僕說：

「妳以為我會愛上那個瘸子嗎？」

這句話像一把利刃刺進他的胸膛。因為「瘸子」指的正是他，他強忍淚水，立刻轉身，一拐一拐地跑過森林，回到古堡，關上房門，抱頭痛哭。他的心整個被撕碎了，恨不得殺盡天下所有的人。

但一夜過後，他又離開古堡，再度穿越「新娘小徑」，去和那位姑娘見面，好像什麼事也沒發生般帶著笑臉和她交談，但他知道，他的心中已沒有愛。

＊

他，名叫喬治．戈登．拜倫，後來成為蜚聲國際的浪漫詩人，有人甚至認為他是「英國第一美男子」，受到很多名媛的青睞，有的還為之痴迷不已。當然，拜倫的成為「美男子」，靠的並不是外表。

在追求那位姑娘時，拜倫不僅跛腳，而且還有點痴肥，也尚未寫出讓人激賞的詩作；既缺外表、又乏內才、空有熱情，難怪女孩子不會愛上他。不過「妳以為我會愛上那個瘸子嗎」這句話實在太傷人，還好拜倫並沒有因悲憤而向對方施加報復，他反而微笑以對，因為他知道他要降伏的不是對方，而是自己——自己的痴肥與平庸，他把他的悲憤化為向上的力量，將他的苦悶轉為創作的泉源，向對方及世人證明，即使是瘸子，也可以成為一個讓人痴迷的「美男子」。

如約翰生所說：「悲傷是靈魂的鏽斑，只有行動能將它擦乾淨，並讓它產生光澤。」

門板上的櫻桃與蛀蟲

他對那些畫作所呈現的精湛技巧大為折服，不僅立志要成為一位畫家，而且認真模仿、學習各種點描法、透視法和工筆畫法……。

在西班牙瀕臨地中海的卡達克斯，一個十六歲的少年，花了很長的時間終於完成一幅叫做《大提琴手里卡多．皮科特的肖像》的油畫：一位男士坐在窗邊專心演奏著大提琴，陽光從窗外照射進來，那種光影的效果非常逼真，呈現出典型的「印象派」細膩風格；而做為背景的底色，更是一層一層耐心地塗抹上去，給人一種精緻的美感。

畫中的主人公是少年父親的朋友雷蒙．皮科特的侄子，雷蒙是一位畫家，家裡收藏不少畫作，少年從小就經常到他家去遊玩，對那些畫作所呈現的精湛技巧大為折服，不僅立志要成為一位畫家，而且認真模仿、學習各種點描法、透視法和工筆畫法。

雷蒙給他一套油畫畫具，還撥出一間光線充足的房間給他當畫室，他經常整天待在房間裡畫一大疊畫，釘在牆上。有一天，他注意到房間那扇漂亮的老木門上有很多被蟲蛀的洞，他突發奇想，把木門當做畫布，利用門板上深淺不一的紅色系畫出一串活靈活現的櫻桃，那些被蟲蛀的洞就如同真櫻桃上的蛀蟲洞一般。有人說他忘了畫櫻桃梗，於是他在適當的位置黏上一根根真的櫻桃梗；為求「寫實」，他還鼓起無限的耐心，把門板裡的蛀蟲全挑出來，再一一塞進從真櫻桃裡掏出來的蛀蟲。

*

這個少年名叫薩爾瓦多．達利，後來成為最具代表性的超現實主義畫家，也是繼畢卡索之後，最具創意與最偉大的西班牙畫家。成名後的達利留著兩撇誇張上翹的鬍子、言行荒誕、舉止怪異，給人喜歡搞噱頭、甚至譁眾取寵的感覺，但在創作的領域裡，他卻是非常嚴謹、一絲不苟的。這種嚴謹與細膩是從少年時代一點一滴累積起來的。

達利作品的特色是以非常精湛、深厚、傳統的繪畫技巧來表達他狂野、大膽、新奇的想像力和創意，看似矛盾的組合卻營造出無人能及的夢幻美感。創意也許能從天而降，或從他人處得到啟發，但用來表達創意的真工夫卻不是可以「呼之即來」的，它需要長時間的反覆練習、琢磨；達利從青少年時代就養成了「慢工細活」的習慣。

那些高喊開發創意，但卻對好好接受基本訓練缺乏耐心的人，就好像只有翅膀卻沒有腳，根本沒有辦法在現實世界裡「著陸」。

電子魔術師的想像

當他獨處時，他就會開始他的「想像之旅」，在心中摹想前往一個新的城市、新的國家，住在那裡，遇到各式各樣的人，和他們做朋友……。

在奧地利，有一個男孩，五歲時，哥哥突然去世，讓他整日生活在恐懼之中。夜晚躺在床上，眼前老是出現恐怖的景象，為了擺脫它們，他開始想像自己到了別的地方，遇到一些奇妙的人，做了很多有趣的事。

這些想像慢慢成為一種習慣，每天晚上（有時候是白天）當他獨處時，他就會開始他的「想像之旅」，在心中摹想前往一個新的城市、新的國家，住在那裡，遇到各式各樣的人，和他們做朋友，別人也許會覺得這些都是虛幻的、無法相信的，但對他來說，不管多麼荒唐無稽，它們都跟真實世界裡的景像一樣「真實」，那些人的音容笑貌也跟實際生活中的人一樣可近可親，而他對他們的感情也千真萬確。

十七歲，當他去就讀格拉茲的技術學院時，開始對機械產生濃厚的興趣，於是他將每天的想像轉移到這方面，他很高興地發現，以前的想像經驗使他可以在沒有模型、沒有藍圖的情況下，也能在心中想像出一部真正的機器，而且鉅細靡遺。

*

他名叫尼古拉．特斯拉，後來移民到美國，曾與愛迪生共事過，也是馬克．吐溫的好友，他發明了交流電發電機、日光燈，還有一大堆小機器。很多談特殊智能和想像力的專家都會提到他，因為他具有讓人非常驚訝的空間視覺能力。

特斯拉有一個綽號叫「電子魔術師」，可以靠栩栩如生的想像在心中浮現一部精密機器的全貌，看到它運轉的情形；還能將它在心中拆解開來，改良它的構造；他大多數的發明都是來自這種心靈的想像。也許因為他天賦異稟，但也許因為他從小就一再訓練自己的想像能力，而使他後來能有高人一等的空間視覺能力。

每個人都有想像力，但很多人只是用它來逃避現實。愛因斯坦說：「想像力比知識重要，知識有限，想像力環繞全世界。」與其消極地用想像力來逃避現實，不如積極地用它來「創造新事實」、「預覽未來」。知識需要學習，想像力也需要訓練，像特斯拉一樣，每天花些時間或利用搭車等空檔，設定一個目標，專心發揮你的想像力，日積月累，可能就會帶來你原先「想像不到」的結果。

要賣文具還是賣鴨蛋？

賣文具利潤高，而且不會壞；賣鴨蛋利潤低，而且容易變質。表面上看起來，賣文具應該比賣鴨蛋來得好，但實際經驗卻告訴他，賣鴨蛋要勝過賣文具……。

在彰化鹿港，有一個男孩，父親在他三歲時就因病去世，留下他和母親相依為命，靠著一間小小的雜貨鋪艱苦度日，一直到上高中時才有皮鞋穿。

他在學校的成績很好，特別是數學這個科目。因為從小就要利用課餘時間幫母親做買賣，每種東西都要論斤計兩算價錢，所以對數理就特別有興趣，也特別有心得，高中時曾榮獲愛迪生獎。

從買賣經驗中，他也得到不少領悟。譬如他家的鋪子賣文具、也賣鴨蛋，十元的文具至少可以賺四元，利潤超過四〇%；鴨蛋則是一斤三元，賣一斤賺三角，利潤只有一〇%；文具擺個幾個月都不會壞，但鴨蛋幾天賣不出去就會變質，造成經濟上的損失。表面上看起來，賣文具應該比賣鴨蛋來得好，但實際經驗卻告訴他賣鴨蛋要勝過賣文具，因為文具的需求量不大，一樣東西有時放了半年都賣不出去，積壓庫存，利潤可能被利息吃光；鴨蛋的利潤雖然微薄，但因為需求量大，所以總的看來，賣鴨蛋的整體利潤反而要高於賣文具。

＊

高中畢業，參加大學聯考，一些成績好的同學都選擇醫學院，但他卻選擇理工，而且讀的是剛成立的交通大學電子工程系，走上一條他喜歡、但也充滿挑戰的路。

他就是施振榮。在從交通大學電子工程研究所畢業後，他先後到環宇、榮泰電子公司服務，開發出台灣第一台桌上型電算器、第一台手上型電子計算機與世界第一支電子錶筆。一九七六年與友人創立宏碁公司，一步步擴充事業版圖，終於讓 Acer 成為國際間的知名品牌。

施振榮說，少年時代賣鴨蛋的經驗為他後來的賣電腦提供不少借鏡：首先，產品一定要「新鮮」——最先進的；其次，要「薄利多銷」，產品的價格要比同行低，而以銷量大來彌補薄利，減少庫存，資金周轉也快。

對一個喜歡探索的心靈來說，整個世界都是他的實驗室。不管你現在置身何處、又在做什麼，只要能用心體會，將來都能派上用場。

一鳴驚人的稚氣少女

校方要求她必須在學業與歌唱間做抉擇，出於對歌唱的熱愛與對自己未來的信心，雖然不無遺憾，但她還是決定放棄學業……。

一九六〇年代，香港的黃梅調電影《梁山伯與祝英台》在台灣造成轟動，掀起演唱黃梅調的熱潮。台北的中華電台打鐵趁熱，舉辦「黃梅調歌唱大賽」，有一個十一歲的少女在聲樂老師的作主下，報名參加比賽。預賽時過關斬將，順利進入決賽。

被蒙在鼓裡的父親在得知消息後，不僅不高興，還百般阻擾女兒參加決賽，因為他是軍人，不願意女兒在外面拋頭露面，讓人看笑話。聲樂老師只好轉而求助於少女的母親：「參加決賽不過半天的時間而已，但卻關係到她的一生啊！機不可失，失去不再來……。」在不斷慫恿與求情下，母親最後終於答應會送女兒去參加決賽。

決賽當天，老師為少女借來一套京戲的精緻戲裝，打扮成梁山伯，唱了一曲〈訪英台〉，珠圓玉潤的歌喉，清純婉約的情感，將歌曲演繹得纏綿悱惻，一鳴驚人，博得熱烈掌聲，也一舉拿下決賽冠軍。聲樂老師說得沒錯，這次比賽成了她人生的轉捩點，從那天起，她開始在台灣歌壇嶄露頭角，更為未來的歌唱事業拉開了序幕。

＊

她就是後來紅遍海峽兩岸、東南亞和日本的鄧麗君。她的聲樂老師常蔭椿在更早以前，無意中發現鄧麗君有歌唱的天分，而想收她為徒時，同樣受到鄧麗君父親的反對，後來還是母親想讓從小喜歡唱歌的女兒有發展的機會才答應的。

在就讀金陵女中時，已經開始歌唱生涯的鄧麗君因經常缺課，校方要求她必須在學業與歌唱間做抉擇，出於對歌唱的熱愛與對自己未來的信心，雖然不無遺憾，但她還是決定放棄學業。這次父親倒是跟她站在同一陣線，支持她的決定。而她也因此在十四歲時，就踏上了歌唱的不歸路。

在人生旅途中，我們經常面臨重大的抉擇，它們會影響未來的人生。在選擇時，比「自己作主」更重要的是選擇的「正向性」。很多人因不想讀書而放棄學業，美其名為「選擇」，其實是在「逃避」功課的壓力，這是「負向性」的決定。鄧麗君則是為了積極發展自己的歌唱才華（比讀書來得忙碌而辛苦），在魚與熊掌不可兼得的情況下，不得不忍痛選擇放棄學業的。這樣的選擇才有意義而值得我們學習。

拒穿綢衫的江南貧俠

他穿著母親親手縫製的綢衫去一位親戚家喝喜酒，想不到在宴席上，一個坐在他鄰座的老人，竟用香菸將他的綢衫燒破了一個洞……。

在江南的水鄉澤國，一個十三歲的少年跟隨他父親四處飄泊，從大城到小鎮的市集街坊，靠替人家畫肖像、山水花鳥、屏風、刻圖章、寫春聯維生；有時住在小客棧或寺廟裡，有時則借宿於純樸的農家。江湖賣藝的生活雖然辛苦，但也讓他飽覽秀麗的山川，提早品嘗各種世態與人情的冷暖。

後來父親病了，全家生活的重擔就落在他身上。十五歲那年的某一天，他代表病重的父親去一位親戚家喝喜酒，母親特地拿出一件綢衫，說是她省吃儉用、自己精心縫製的，因為讓兒子能有件體面的綢衣穿一直是她的心願。少年聽了，眼中含淚說：「還是把它賣了給父親醫病吧！」但母親卻執意要他穿上。他不忍拂逆母親的心意，只好穿著家裡從來沒有人穿過的綢衫，去赴婚宴。

想不到在宴席上，一個坐在他鄰座的老人，竟用香菸將他的綢衫燒破了一個洞！老人雖然連忙起身道歉，但他當時心中的懊惱與悔恨實非筆墨所能形容，母親辛苦一輩子，用心血縫製的綢衫，豈是簡單的道歉兩字就可彌補？但事已至此，他又能如何？他要如何向母親交代？他心中一片昏茫，在回家的途中，他隱隱有了一個決定。

*

這個少年名叫徐壽康，也就是後來蜚聲國際的知名畫家徐悲鴻。父親將他取名「壽康」，原希望他長壽健康；但在父親死後，他卻改名為「悲鴻」，大概是有感於自己身世的悲涼，提醒自已要勇敢挺進，振翼翱翔。皇天不負苦心人，徐悲鴻後來不僅出人頭地，而且還留名青史。

徐悲鴻在成名後，喜歡在畫作上署名「神州少年」，並蓋上「江南貧俠」的印章，顯然是為了紀念少年時代隨父親在江湖賣藝的那段生活。另外，他也終身不穿綢衫、不抽菸，而且厭惡別人在他面前抽菸，顯然也是來自那次「婚宴意外事件」；在母親死後，它們成了他紀念母親的一種儀式。

羅馬劇作家塞內加說：「那些難以忍受的，將甜蜜地被憶起。」人生就是在創造回憶，但只有讓自己愈變愈好，才能將難以負荷的過去變成甜蜜的回憶。

為《世界奇聞錄》爭辯不休

除了戶外活動，他也喜歡寫詩和演算幾何，他發現能為複雜的問題找到答案或想出不同的敘述方法，讓他得到很大的滿足……。

在英國，有個男孩出身於富裕的貴族家庭，對他期望很高的父親將他送到一所教會辦的寄宿學校念書，他雖然不是懶惰的學生，但成績卻很普通，因為他有廣泛的興趣，喜歡到野外去採集礦石，觀察各種昆蟲的生態；後來更愛上了射擊和打獵，第一次射中鷸鳥時，還興奮得全身發抖。

除了戶外活動，他也喜歡寫詩和演算幾何，他發現能為複雜的問題找到答案或想出不同的敘述方法，讓他得到很大的滿足。雖然對教科書的興趣不大，但他卻很喜歡讀閒書，沒有特定的方針或計畫，總是拿到什麼就看什麼，經常在窗前捧著莎士比亞的戲劇作品，一看就是好幾個小時。

有一天，班上一位同學帶來一本《世界奇聞錄》，他很好奇，而向同學借來閱讀了好幾遍。這本海闊天空、無奇不有的書不僅讓他眼界大開、心胸變開闊，而且還讓他為書中的某些記載是否屬實，與同學爭論不休。

他在學校裡的表現，讓父親極為失望，而憤怒地預言：「你除了打獵、溜狗和抓老鼠外，沒做過一件正經事，將來你會自取其辱，並使整個家族蒙羞。」

＊

他就是後來搭乘「小獵犬號」到世界各地進行探勘活動，回來後根據觀察所得提出生物進化論，改變人類對自然及自身看法的科學巨人查爾斯．達爾文。

達爾文一直到大學畢業（先在愛丁堡大學讀醫學，後來又到劍橋大學念神學），都被認為是個遊手好閒的紈袴子弟，他之所以能參加改變其人生的「小獵犬號」環球之旅（為期五年），除了有錢有閒外，他對自然界的喜愛，還有少年時代著迷的《世界奇聞錄》才是更重要的關鍵。而「物競天擇，適者生存」這個進化論的核心觀念又是怎麼來的呢？據他自己的說法，除了長年的研究思索外，閒暇時所讀的馬爾薩斯《人口論》更提供了臨門一腳的靈感。

達爾文的故事告訴我們，如果你還看不出自己人生的方向，那麼廣泛的興趣和閱讀將為你開啟新的可能，讓你看到在遠方等待你的東西。

輯七——如何讓老虎專心？

青春，不是生命中的一段時光，而是一種心靈狀態。——烏曼

銀杏（紐約 2017）

主修人類學的音樂神童

各地的演出邀請紛至沓來，但他決定要挪出更多的時間來學習跟人類學本科相關的各種歷史、文化、哲學、心理學知識……。

一九七一年五月，一個不到十六歲的青年，在紐約的「卡內基演奏廳」舉辦他個人的大提琴演奏會，會後佳評如潮，《紐約時報》以「年方十六，技驚四座」為題，對他的嫻熟技巧和超凡樂感大加讚賞，預言一顆音樂巨星正冉冉升起。

雖然他四歲就開始學琴，五歲就在眾人面前表演，並在茱麗亞音樂學院跟隨大提琴家雷納德．羅斯學藝多年，但在高中畢業後，他卻就讀於離家不遠的哥倫比亞大學，但因為「依然住在家裡，覺得自己好像還在過高中生活」，念不到一年，就轉往哈佛大學，離開家人，去當自行料理生活細節的住校生；雖然也修一些音樂相關課程，但念的卻不是音樂系，而是人類學系。

由於在卡內基演奏廳演出的成功，各地的演出邀請紛至沓來，但他覺得頻繁的外出會影響他的大學課業，於是做出每月演出不超過一場的決定，挪出更多的時間來學習跟人類學本科相關的各種歷史、文化、哲學、心理學知識，並在四年後獲得哈佛大學的人類學學士學位。

＊

他名叫馬友友，當今聞名全球的華裔大提琴家。也許有人心裡會納悶：既然很早就表現出音樂方面的天賦，而且也知道將來會朝這方面去發展，那為什麼還要去念人類學系呢？那不是橫生枝節，甚至是浪費時間嗎？但馬友友卻說：「現在我所做的一切，都要歸功於當時（在哈佛大學）所受的人文思想教育。」

很多音樂家都是在小小年紀嶄露頭角後，就由父母替他延攬名師，包辦一切，他只需不斷地練習和演出即可，但這樣的音樂家即使成名了，生活與知識領域多半非常狹隘。馬友友跟其他音樂家最大不同點是他給人一種大器、開闊、情感豐富、平易近人的感覺，因為他在青少年時代就知道他要做一個不是只會拉大提琴，而且還會自己洗衣服、對歷史、文化、哲學與心理學都有相當素養的「完整的人」。

就像胡適所說：「為學要如金字塔，要能廣大要能高。」不只做學問，做人也是如此，開闊的眼界讓馬友友整個人、他的音樂、還有他的人生也跟著開闊起來。

為成為英雄的伴侶而生

當她在書桌前讀書時，經常會抬起頭來，望著窗外的風景自問：「我會遇到一個為我而存在的男人嗎？……」

學校放暑假時，一個十五歲的女孩和好友到郊外划船。在湖邊小徑上，看著走在前方的一對情侶，男孩輕輕把手放在女孩的肩上，她心裡有股莫名的感動，忽然幻想也有一隻手溫柔地搭在她肩上；她將和這個男生攜手邁向人生的旅程，永遠不再孤單寂寞。

後來，當她在書桌前讀書時，經常會抬起頭來，望著窗外的風景自問：「我會遇到一個為我而存在的男人嗎？」而這個男人又是什麼模樣呢？她感到好奇，但她生活的周遭、還有她閱讀的書本似乎無法為她提供一個明確的典型。

直到有一天，她在《瑪色爾．提那伊何》一書裡讀到女主角愛勒的父親對她說：「愛勒，像妳這樣的女孩，是為成為英雄的伴侶而生的。」她感到震驚，但也直覺地認為這就是關於她未來的預言。雖然她不知道未來的伴侶是何模樣，但她知道那一定會是個以他的智慧、文化涵養、專業權威讓她折服、讓她熱烈欽慕的男人。那被選上的男人必然是在反映深深烙印在她心靈深處的英雄形象。但天下女子何其多，她要靠什麼讓英雄選上她呢？一想到這裡，她那追求知識的熱情就燃燒得更熾烈。

*

她名叫西蒙．波娃，高中畢業後即進入巴黎大學，主修哲學，並在二十一歲時以第二名的成績通過哲學教師考試，後來成為傑出的存在主義小說家與女性主義者，所著《第二性》一書已成為女性主義的經典著作。

被波娃選上的男人名叫尚─保羅．沙特，他不僅在當年的哲學教師考試中勝過波娃（第一名），後來更成為存在主義哲學大師、一九六四年的諾貝爾文學獎得主，是法國的「知性英雄」。當然，波娃也成了被沙特選上的女人，他們雖然沒有正式結婚，但兩人志趣相投、出雙入對，是人人稱羨的「神仙愛侶」。

詩人紀伯倫說：「愛是一個光明的字，被一隻光明的手，寫在一張光明的紙上。」少女情懷總是詩，在對愛情充滿憧憬的年代，每個少女心中都有她們各自的英雄。但要像波娃般找到她少女時代的「夢幻英雄」，並與之為伴，首先妳必須先儲備也能讓英雄傾心、折服的特點。

如何讓老虎專心？

當他練習打球時，做為教練的父親一再在旁邊製造各種刺激和干擾，目的是為了訓練他習慣於各種突發狀況，不要為此而分心、動怒……。

在綠草如茵的高爾夫球場上，一個少年看著腳前的小白球，正準備揮桿時，忽然聽到一種奇怪的聲音。他縮手轉頭，看見站在身後的父親一臉笑容，正用手將口袋裡的硬幣撥弄得叮噹作響。

「我正在打球，你這是什麼跟什麼嘛！」他生氣地瞪了父親一眼。誰知道父親竟和悅地說：「你打你的球，我玩我的。」

後來他才知道這是父親對他的「訓練」方式之一，不管周遭環境中出現什麼聲響，都不要分心、動怒，而應該專心、心平氣和地打你的球。慢慢地，他在準備揮桿時，就不再注意、也不再聽到父親在旁邊故意製造出來的各種聲響。

在克服聽覺干擾後，父親又為他「提供」各種視覺干擾，譬如在他要揮桿時，一個小白球忽然滾到他右邊的視野；當他在果嶺上讀線時，好多小白球卻在前面亂滾一通。久而久之，對這些視覺干擾他也都能練到「視若無睹」。

但更重要的是不受自己情緒的干擾。有一次，他打得很不理想，而發火地將球桿扔到地上。父親靜靜地問他：「球打不好，是誰的責任？」他一聽，立刻露出悔意，將球桿撿起來。

*

這個少年就是老虎．伍茲。當他成為揚名國際的高爾夫球好手後，不只一次由衷感謝父親額爾．伍茲對他的栽培。沒有額爾．伍茲，就不會有老虎．伍茲，父親額爾的確是他最好的教練，但「栽培」也要「得法」，不像很多「望子成龍」的父母，為子女提供「最寧靜、最舒適」的學習環境，額爾反而將兒子拋入最具挑戰性的複雜環境中，因為這樣才能學到更多、更紮實的東西。

額爾對老虎的訓練讓人想起蘇洵所說的「為將之道，當先治心；泰山崩於前而色不變，麋鹿興於左而目不瞬。」你想當「大將軍」，你就要「專心而寧靜」；但一個人不能光靠想像或耳提面命就能專心而寧靜地做一件事，它需要實地的試驗和磨練。有人能耐心地提供你機會當然很好，但說到底，「責任在自己」，自我磨練才是最可靠的。

動手之前先動腦

暑假期間，他替報紙拉訂戶來打工賺錢，但不是從早到晚挨家挨戶去推銷，而是先想出一套推銷策略，然後請人去做，結果讓他賺進了一萬八千美元……。

在美國休士頓，有一位中學生，十五歲生日時，靠自己以前打工的收入，為自己買了一份生日禮物：一部新型的蘋果電腦。電腦一進門，他做的第一件事是將電腦解體，仔細了解其構造，然後測試自己是否有重新將它們組合的能力。

十六歲那年暑假，他以替《休士頓郵報》拉訂戶來打工賺錢，在跑了幾天後，他發現潛在的客戶有兩大類：一是剛結婚的，一是剛搬家的。於是他雇用了一大批同學到休士頓十六個郡的法院去抄寫最近或即將辦理結婚登記者的姓名和地址；另外又從專業抵押公司那裡尋找最有可能搬家的人。然後按地址寄去由他署名的廣告信，說現在訂閱《休士頓郵報》將可得到兩週的免費報。

這個推銷策略非常成功，讓他在短短時間內就獲得了數千訂戶，成了《休士頓郵報》的主要銷售商，而且也讓他賺進了一萬八千美元，他就用這些錢為自己買了三部新電腦和一輛二手車。

*

他名叫麥克．戴爾。高中畢業後，因父母希望他將來當醫師，而進入了德州大學醫學院就讀，但在第一學年就因在宿舍裡賣電腦賣得生意忙不過來，不久就退學去自行創業，他後來成立的「戴爾電腦公司」，一度是全球第二大電腦公司，也曾是獲利最高、成長最快的公司。

從戴爾在高中暑假替報紙拉訂戶的方式裡，我們就可以窺見後來「戴爾電腦公司」成功的一個訣竅：他爭取客戶，不是像多數人一般只強調「勤快」——從早到晚不辭辛勞地挨家挨戶去推銷報紙，而是先動腦筋分析客戶的特徵，想辦法找出潛在的客源，再提出吸引人的方案。聰明的辦法雖然是由他一個人提出，但要將它付諸實現，卻不能全靠自己，而是需要集結眾人的力量。這就是他屢試不爽的成功模式。

不管做什麼事都需要勤快，而「勤能補拙」更是在替大家打氣：但遇到事情不先思考，只一味地「勤」，那就顯得有點「拙」。聰明人在動手之前會先動腦；這種「聰明」並非天生，而是來自自我提醒。

自我管理的筆記本

艾老師準備了兩本筆記本，都寫上他的名字，也都寫下他和老師討論過的「每週計畫」，一本他帶回家，一本留在老師那裡……。

在維也納的某間中學，一個初中一年級的少年在學年快結束時，被老師叫進了辦公室。老師面色凝重地說，他實在搞不懂從小學跳級升上來的他，成績為什麼會變得這麼糟，再這樣下去，他即使不被勸退，恐怕也要留級一年。

他成績不好，因為學校教的科目他沒興趣，老師的教法也很無趣；但如果因此而被留級，那問題就大了。在煩躁不安中，他想起了他敬愛的小學老師艾爾莎、還有艾老師教他的讀書方法，於是他找出小學時代的筆記本，看到熟悉的筆跡所寫下的「每週計畫」，譬如「一、讀完《基督山恩仇記》。二、作文兩篇。」

當時艾老師準備了兩本筆記本，都寫上他的名字，也都寫下他和老師討論過的「每週計畫」，一本他帶回家，一本留在老師那裡。等一週結束後，再和老師檢討自己實際的學習情況。他小學時代，就是用這種方法讓功課突飛猛進的。

現在艾老師已不在身邊，他必須自我鞭策。於是他準備了一本筆記本，把教科書都拿出來，按照時間分配，為自己擬定了一套準備考試的讀書計畫。計畫擬妥後，他不再煩躁不安，於是拿起計畫中的第一本書，心平氣和地讀了起來。如此按部就班讀了幾個星期，他終於順利地通過了期末考。以後，也一直用這種方法準備功課。

＊

他名叫彼得．杜拉克，後來成為有名的經濟學家和管理顧問，預言「知識經濟」時代的來臨，並出版了《有效的經營者》等四十多本關於經濟、政治、社會及管理的巨著，而被譽為「現代管理學之父」。

杜拉克說艾老師所教給他、也是他一直用到博士班的計畫讀書法，就是後來他的「目標管理」觀念的雛形——根據個人條件定出短程與長程目標，然後提出實現目標的計畫，定期追蹤與檢討，磨練自己的組織能力，培養工作紀律，久而久之，讓它們成為一種好習慣，就會有明顯的改變。

就像另一個管理學家拉凱恩所說：「沒有計畫就是計畫失敗。」不只讀書和工作，人生的很多項目也都需要計畫、需要這種「目標管理」。

小工、沙彌與通信兵

十三歲那年，在某個下大雨的夏日，一個到他家避雨的鄰居，問他「想不想當和尚？」於是他半被動、半自願地成了小沙彌……。

在長江北岸的狼山腳下，有一個少年在十二歲時才進入正式的小學，但讀了一年書，就因年景不好、家境窮困，而輟學去當築堤小工。在某個下大雨的夏日，一個到他家避雨的鄰居，問他「想不想當和尚？」於是他半被動、也半出於自願地到狼山廣教寺，成了小沙彌。

當小沙彌並不清閒，除了早晚課誦、撞鐘擊鼓、清潔環境外，還要種菜燒飯，替老和尚洗衣服、倒夜壺。但院方也請了兩位老師教他《禪門日誦》和四書五經，這使他第一次認識到和尚和佛教不是只供超渡亡靈用的，藉佛法來導迷化俗才是更高的使命，小小年紀的他於是開始渴望能讀通佛經，自度度人。

兩年後，他到上海大聖寺，成天為人增福延壽及超薦亡靈而誦經，雖然是分內事，但卻不是他想要的人生，於是再三懇求師父，而在十七歲時，到上海靜安寺佛學院成為插班的學僧。一年後（民國三十八年），因為時局混亂，他為了想離開大陸，毅然投身軍旅，成了通訊兵。十一天後，就隨部隊上船前往台灣。

直到三十歲，他才從軍中退伍。雖然當兵的歲月遠遠超過當和尚的時間，但在退伍後，他想起當初的渴望，毅然再次剃度出家，法號「慧空聖嚴」。

＊

他就是後來受人敬仰的法鼓山聖嚴法師。投身軍旅就像當初他被送去當沙彌，只是生命的一種因緣際會，在軍中，他告訴自己和同袍：「原來我是和尚，將來還要做和尚！」他的軍服下面還是一顆虔誠的心，放假時，他依然做著自我信修的功課；甚至還去參加文藝函授學校，選讀小說班，充實自己的文藝素養。

就像他後來所說的：「心隨境轉是凡夫，境隨心轉是聖賢。」當他十三歲，還在狼山當小沙彌時，就立下了將來要以佛法化世的心願，只要心願不變，那麼一切際遇與機緣都是有助於完成他的心願的。

小沙彌成了老和尚，而且已圓寂辭世，但風中仍不時傳來他對大家的叮嚀：「生命是為了任務而來，有機會讓我們去奉獻，就去奉獻。」

被誤解與被傷害的

他的心靈受到腐蝕，開始偷竊，並對被抓到後的毒打滿不在乎，把懲罰視為抵銷罪行的方式，認為自己既然被打，那就有再度偷竊的權利……。

在瑞士日內瓦，有一個少年因父母雙亡，而在十二歲時被舅父送到一位牧師家中打雜兼學習。生活原本相當平靜而愜意，但有一天，牧師女兒的梳子斷了，牧師全家人都懷疑是他弄斷的而責問他，但他頑強否認（因為他根本沒做），結果被聞風而來的舅父毒打一頓，他的心和心目中的人與世界都崩潰了，他激動得不停地顫抖，為自己的被誤解與所受的不義對待感到憤怒、悲痛和絕望。

此後他即變得陰鬱，學會隱瞞和撒謊，做壞事也不再感到羞愧。後來，他又先後被送到一個公證人和一個雕刻師那裡當學徒，蠻橫的師父對待他有如奴隸，他的心靈受到腐蝕，開始偷竊，並對被抓到後的毒打滿不在乎，把懲罰視為抵銷罪行的方式，認為自己既然被打，那就有再度偷竊的權利。

在這樣的處境中，讀書成了他唯一的慰藉。他用自己掙得的一點零用錢到租書店租書來看，神遊於書中所描繪的理想或夢幻世界裡，這不僅讓他暫時忘懷殘酷的現實世界，從此成為一個愛好孤獨與沉思的人；而且喚起他內心更高尚的情操，在自我要求下，他也慢慢戒掉了讓他覺得不光采的種種惡習。

＊

他就是後來寫出《民約論》、《愛彌兒》、《懺悔錄》等名著，對法國大革命及當代教育產生深遠影響的浪漫主義者與自然哲學家——尚－雅克．盧梭。

盧梭後來根據自己的經驗說：「兒童第一步走向邪惡，大抵是他善良的本性被人引入歧途的緣故。」引入歧途的不只是他人的誘惑，還有成人的不義對待與不當懲罰。但在少年時代生活坎坷、遇人不淑的他也曾設想：如果當初遇到的都是好師父、對他體貼的大人，又會如何？那他很可能終生是個普普通通的雕刻師，而不會因對環境與自己人生的不滿，一再地反抗與突破，終至成為影響整個歐洲、乃至全人類的巨人。

孟子說：「天將降大任於斯人也，必先苦其心志，勞其筋骨，餓其體膚，空乏其身，行拂亂其所為，所以動心忍性，增益其所不能。」對強者來說，惡劣的環境、坎坷的際遇正是磨練其心志的最好時機。

在神戶的華麗異境中

他酖讀平裝本英文小說，收聽貓王歌曲，購買爵士唱片、愛看保羅．紐曼的電影，就是不喜歡傳統日本的那種調調……。

在日本蘆屋市郊區的舒適民宅裡，一個十三歲的國中生捧著一本斯湯達爾的小說，讀得津津有味。他父親在去年訂了兩套世界文學叢書，按月寄到當地的書店轉交，這些外國小說讓他如獲至寶，很快成為他最重要的精神食糧。在狼吞虎嚥中，他也慢慢認識了托爾斯泰、羅曼羅蘭、費茲傑羅等異國情調的心靈世界。

就讀神戶高中時，他開始在校刊發表文章，並經常流連於專賣外籍人士二手書的書店（神戶是國際港口，當時仍有很多美軍），英文小說的價格只有日文譯本的一半，所以他開始讀美國平裝小說，看久了，「不僅能理解後天學來的語文寫成的書，甚至還受到感動，這對我是種全然新奇的體驗」。

除了小說，他也著迷美國音樂，先是透過收音機聆聽貓王、海灘少年等歌曲，後來更省下午餐錢去購買爵士唱片。他也很喜歡保羅．紐曼的電影和他那種調調。總之，他不僅全然接受、而且非常喜歡當時的美國流行文化。

＊

這個「洋味十足」的日本少年，就是後來寫出《挪威的森林》、《海邊的卡夫卡》、《世界末日與冷酷異境》等暢銷小說的村上春樹。跟大多數帶有「陰鬱沉重」氣息的日本小說家相比，村上春樹的「明朗輕盈」給人耳目一新的感覺；他缺少日本傳統味，反而有濃厚的歐美新風格，青少年時代的閱讀和生活經驗顯然給他很大的影響。

村上春樹生於日本古都京都，也在那裡度過童年，祖父是京都的僧侶（有些日本和尚可以結婚），父親也曾在家中經營的寺廟擔任過住持，但村上春樹既不信佛，對日本文化也不甚了了，他甚至連前代及當代日本作家的作品都很少看，他坦白招認：「在我成長的過程中，我從來不曾被日本小說深刻感動過。」

但也許就是這樣對傳統的「淺薄無知」，而使他成為日本最國際化、風格最獨特的小說家。很多人說傳統是「根」，失去傳統就好像「失根的蘭花」；傳統是「養分」沒錯，但其實也是「束縛」；像村上春樹，雖然缺乏傳統的薰陶，但若能從別處吸收養分，反而能讓你與眾不同、異軍突起。

寫悔過書的偷竊者

他違背宗教戒律偷吃肉、吸菸，而且還說謊、偷竊，但在短暫的叛逆快感後，他卻開始產生無比的懊悔與痛苦……。

在印度納札科，一個原本乖巧的中學生認識一位高年級的革新派朋友，這位朋友告訴他，印度之所以衰弱，就是因為大家不吃肉；朋友在吃肉後，不僅身體變強壯了，而且不怕鬼，還能用手捉活蛇。於是，在抱著改革熱望和好奇心的驅使下，他違背了家族的宗教戒律，也開始偷吃肉。

在另一位親戚的引誘下，他又染上了吸菸的嗜好；而且偷竊傭人的零用錢來買菸抽。甚至對「凡事必須得到長輩許可」感到不滿與難過，而決定自殺。幸好在吞下兩三粒有毒的花子後，就因為怕死而打消了自殺的念頭。

十五歲時，他更從自己哥哥的純金手鐲上偷偷剪下一塊金子去變賣，好還清債務。但在還了債後，他感到的不是輕鬆，而是無比的懊悔與痛苦，於是他決定向臥病在床的父親懺悔，但不敢當面告訴父親，所以寫了悔過書，親自交給父親。他寫的不但是認罪，而且還請父親責罰他，不要因他的過錯而自責，並應許父親今後永不偷竊。他以為父親會生氣地責罵他，誰知道父親在看完後，眼淚像珠子般流到雙頰，把紙也弄濕了；在閉了眼睛一會兒後，把悔過書撕毀了。他看到父親的痛苦，自己也掉下淚來。

*

他就是莫罕達斯．甘地，後來以非暴力的「不合作主義」領導印度人民脫離英國的殖民統治，而被尊稱為「聖雄」。甘地在他的自傳裡毫不隱瞞他青少年時代所做過的種種荒唐或不好的事，但只有真誠而德行高超的人才能如此坦然面對自己的過去。

每個人在青少年時代都會面臨服從與反抗、紀律與自由、理想與欲望、善與惡的衝突，在這種衝突中，甘地也叛逆過、墮落過，但最後還是他的理想與善念戰勝了欲望和惡念，不再吃肉、吸菸、偷竊、自殺，而且真心懺悔，在年老時，他說當年將悔過書交給父親的那一幕仍歷歷在目：「那從愛中迸出的珍珠般的淚水，潔淨了我的心，洗清了我的罪……。只有受過愛之箭的傷者，才知道愛的能力。」

人難免會犯錯，重要的不是從不犯錯，而是要知錯能改，真心懺悔。為過錯而懺悔就好像一朵鮮花清除它表面的汙點，會讓你變得更潔淨、明亮與強壯。

請撣去老師桌上的灰塵

沒多久，他就對這位邋遢校長的豐富學識大為佩服，校長喚起他追求知識與真理的理想和使命感，而成為他崇拜、追隨與模仿的典範……。

有一個十三歲的德國少年，為了準備省試，而從鄉下來到大城市，進一所類似補習班的拉丁文學校「惡補」。「校長」保爾是個以暴力聞名的斯巴達式教育家，彎腰駝背、不修邊幅、穿著邋遢、一臉悲戚，當少年第一次看到他時，對自己竟然被交付給這樣一位「老巫師」感到既失望又鬱悶。

但沒多久，他就對這位老巫師的豐富學識大為佩服，上課時總是懷著仰慕的心情和眼光認真聽講。讀書不只是為了考試，保爾校長喚起他追求知識與真理的理想和使命感，而成為他崇拜、追隨與模仿的典範。

他在班上的表現出色，保爾校長也非常看重他，一句「你念得真不錯」的嘉勉就讓他幸福好幾天，而愈發努力。保爾校長曾指派給他一項任務：每天用一根雞毛撢子去撣除校長桌上的灰塵。他甚感光榮與得意，因為他覺得這是「好學生」才有的殊榮。有一天，保爾校長改叫另一位同學去清理桌上的灰塵，他還因此而心中很不是滋味，覺得「這對我真是重罰」。

＊

這位學生叫做赫曼．赫塞，在補習一年後，他不僅順利通過考試，後來還成為一個傑出的小說家，以《徬徨少年時》等名作榮獲一九四六年的諾貝爾文學獎。

赫塞在〈學生時代的回憶〉這篇文章裡說，在這所拉丁文學校的時間雖短，但卻是他所有學校生涯中，「唯一做善良學生、敬愛老師、認真讀書的時期」，因為他遇到了一位讓他敬佩的老師。保爾校長讓他仰慕的不是翩翩的風度，而是淵博的學識和理想，「精神指導者與有才華學生間那種豐富無比、又非常微妙的關係，已在保爾校長和我之間開花結果。」就是這樣一種師生關係，使叛逆心強的少年赫塞心甘情願「服侍」老師，每天替老師清潔桌面。

如果現在有老師要學生「每天撣去老師桌上的灰塵」，可能有不少學生會回家向家長抱怨，而家長則立刻到學校興師問罪。如果老師不敢說，學生不想做，家長說老師在「侮辱」他的小孩，那我們的教育顯然失去了最重要的東西。

麵包與詩集的取捨

他用身上所有的錢買下《魯布爾詩集》，然後餓著肚子，溜進附近的葡萄園，一邊讀著詩集，一邊隨手摘了幾顆葡萄來充飢……。

法國南部的尼姆地區，正在鋪設鐵路，一個十五歲的少年，每天拿著十字鎬辛勤地工作，所賺的工資只能讓他啃麵包、喝開水度日。

有一天下工後，他拿著當天的工資，準備到麵包店買晚餐時，習慣性地先走進他經常光顧的一家書店，看到一本《魯布爾詩集》，翻讀之下，愛不釋手，於是用當天的工資和身上所有的錢買下這本書，然後餓著肚子，溜進附近的葡萄園，一邊讀著詩集，一邊隨手摘了幾顆葡萄來充飢。

他很喜歡讀書，但因為父親經營的生意失敗，而被迫輟學，必須去當檸檬小販、鐵路工人來填飽肚子。但他知道這只是暫時性的，他利用工作剩餘的時間自修，準備投考免學費和生活費的師範學校。皇天不負苦心人，十六歲時，他不僅考上了亞維農師範學校，而且還考了第一名。

對學校的功課，他游刃有餘，經常利用假日，到田野山林中散步、探險，他很喜歡昆蟲，特別是會切下牛糞，做成小圓球，然後將糞球推回窩巢的糞金龜更令他著迷，而抓了一隻回去，愛不釋手地仔細觀察、研究。

*

他就是後來以《昆蟲記》一書而聞名於世的尚—亨利．法布爾。師範學校畢業後，法布爾去當小學老師，繼續靠自學先後獲得數學、物理的學士學位，三十二歲時，更獲得巴黎科學院的博士學位。

《昆蟲記》一書不僅是法布爾多年不辭辛勞的觀察紀錄和心血結晶，他更被小說家雨果譽為「昆蟲世界的荷馬」，因為他以充滿詩意的筆調讓我們認識了看似不起眼的生命——昆蟲多采多姿、輝煌壯闊的一生。字裡行間所流露出來的韻味與清晰，都來自他過去的自學成果，韻味是他用買麵包的錢去買一本詩集換來的，而清晰則得自於他的喜歡數學與幾何學。

書是我們的精神食糧，就像麵包是我們身體的食物；在必須有所取捨時，寧可少一點麵包而多一些精神食糧，因為精神食糧能讓你終生受用不盡。

深夜孤燈下的沉思者

每當他陷入低潮時，就會拿出前輩送給他的那首詩，眼前浮現前輩正襟危坐的情景，而得到支撐與前進的力量……。

一個從台灣到日本深造的少年圍棋手，有一天到箱根去拜訪一位前輩。前輩邀他對弈，稱讚他進步很多，並以過來人的身分勸慰他隻身在國外，遇到煩惱或挫折時，要懂得自我排解。說著，還用毛筆寫了白居易的一首詩：「蝸牛角上爭何事，石火光中寄此身；隨富隨貧且歡樂，不開口笑是痴人」送給他。

前輩要他好好體會，並提醒他雖然說遇到不如意的事不要鑽牛角尖，但凡事還是要盡力而為，就拿下圍棋來說，沒有兩盤棋是完全相同的，所以每盤棋都應該重視，不僅要認真下，對弈後還要認真研究和思考，這樣才能百尺竿頭，更進一步。

當晚，前輩留他在家裡過夜。深夜，他起床上廁所，經過前輩房間時，發現在微明的燈光下，前輩依然像一位入定的高僧、一個認真教學的老師、一名專心思考的學者正襟危坐在藤凳上。他忽然想到，難道前輩是在複習與思考今晚和他下的那盤棋？他一下子睡意全消，因為前輩的思考是那樣專心，完全沒有察覺到他的存在。這一幕也永遠銘印在他的腦中，以後每當他陷入低潮時，就會拿出前輩送給他的那首詩，眼前浮現前輩正襟危坐的情景，而得到支撐與前進的力量。

*

他就是旅日的圍棋國手林海峰，而那位前輩就是吳清源。林海峰從小就有「圍棋神童」之譽，十歲時和返台的旅日大國手吳清源在中山堂對奕，讓吳清源驚為天人，而鼓勵他到日本深造。但到日本的頭一兩年，他卻成了叛逆少年，行為放蕩，不把認真學棋當一回事，讓很多人擔心與失望。

對他的情況已有所聞的吳清源，於是邀他到箱根一遊，和他再下一盤棋，乘便告訴他自己排解憂悶的方法，更以自己的作為讓他領悟要成為一個頂尖的圍棋高手需要下多少工夫。而林海峰也在耳濡目染之下，深受啟迪，產生自我反省與自我砥礪，重燃他成為頂尖棋手的夢想。

言教不如身教，青少年需要的不是訓誡，而是在徬徨憂悶時，有人提供他過來人的切身經驗，還有可以學習的榜樣。

輯八——不想等到失敗再後悔

你只能年輕一次，但如果善加利用，一次也已足夠。——劉易士

數列（台南 2022）

獅子林裡的太湖石

祖父告訴他，這些如藝術精品的石頭是「養」出來的，經過一個或幾個世代的侵蝕、激盪，粗獷的稜角不僅變得圓潤，而且形成非常雅致的風格……。

獅子林是蘇州有名的中式園林。一個十四歲的少年坐在花香小徑的涼亭裡，看著前方的蓮花池和對面的假山，心中慢慢浮現一種熟悉的恬靜感。這裡跟喧囂、躁動、西化的上海簡直是兩個不同的世界，而他就好像同時活在這兩個世界之中。

他就讀於上海青年會中學，那是一所昂貴的西化學校，以英語教學，學生多為中國年輕菁英，他則是菁英中的菁英，經常在班上考第一名。雖然他對上海的洋化生活如魚得水，但每隔一段時間，他就會想起獅子林這個中式園林來。獅子林是他們家族的產業，他從小就經常在此遊玩，特別疼愛他的祖父就在這裡教他讀書、寫字，認識中國文化的精髓。從上海回到蘇州獅子林，總給他「回鄉」的溫馨感覺。

獅子林裡有很多他熟悉的、造型奇特的太湖石。祖父告訴他，這些如藝術精品的石頭是「養」出來的：養石者先挑選多孔透氣的火山岩，略加雕鑿出大致的輪廓，然後放到湖裡或溪中，經過一個或幾個世代的侵蝕、激盪，粗獷的稜角不僅變得圓潤，而且形成非常雅致的風格。看著錯落在園林裡、姿態不一的太湖石，他總覺它們像一尊尊的「智慧老人」，似乎想告訴他關於人生的什麼祕密。

*

這位少年名叫貝聿銘，他後來留學美國，專攻建築，而成為世界知名的建築大師，巴黎羅浮宮拿破崙廣場上的玻璃金字塔、波士頓的甘迺迪圖書館、香港的中國銀行大廈等都是其代表作。晚年更回到故鄉，在獅子林附近建了一座蘇州博物館。

雖然貝聿銘被稱為現代主義的建築大師，但他一直自認為深受中國文化的影響，成名後，他不只一次提到少年時代看慣的太湖石，而且說：「我如同石頭一般被投置到湖邊、溪畔或是湖心，期能與周遭的水流漩渦契合……以我童年時期受花園啟發而產生的精神來進行設計。」他和他的作品，就像與環境不斷激盪而形成的風格獨具的太湖石。

其實，我們每一個人也都是這樣的石頭，不只需要雕琢，更需要被放到湖心或激流中，經過長時間的沉潛與激盪，讓粗獷的稜角轉為圓潤，等有朝一日重新亮相時，方能成為一件精緻的藝術品。

一扇特別的窗

她認為農場裡的牛很像她，對聲音和觸摸都非常敏感，也會感到害怕。後來，更認為牠們跟她一樣，是用圖像來思考的……。

在美國波士頓，有一個女孩子出生後就與眾不同，她對聲音和觸摸極為敏感，母親要抱她時，她會尖叫和全身僵硬。慢慢地，家人發現她的眼睛空茫失焦，好像活在自己的世界裡，很難和人溝通。醫師說她得了自閉症，腦部的知覺過濾系統有缺陷。

父母請專業人員來教她說話和處理日常生活的能力，然後在特殊教育老師的協助下，完成小學和中學教育，但她一點也不快樂，她成了同學們捉弄的對象，大家都叫她「錄音機」，因為她老是一再重覆別人說過的話。少女時代，有一次到一位親戚的農場度假，她注意到農場裡牛隻的各種行為反應，感覺非常「親切」，因為她認為這些動物很像她，對聲音和觸摸都非常敏感，也會感到害怕。後來，更認為牠們跟她一樣，是用圖像來思考的，也因此而使她對動物產生了特殊的情感和理解。

也許是為了了解自己和動物，她在大學時讀的是心理學，後來更獲得伊利諾大學的動物科學博士學位，此後，除了在大學任教外，更把所有心力都放在理解動物行為並改善其生活的工作上。

＊

她名叫天寶．葛蘭丁，如今已成為為全球畜牧業帶來重大變革的靈魂人物。在傳統肉質動物的飼養場、屠宰場和運載過程裡，她嘗試以動物的眼光和心思找出環境中會讓牠們感到害怕的聲音、影像和觸覺刺激，要求業者改善；而業者也都樂於遵從，因為她的建議的確非常有效。

但更值得一般人關注的是她在《星星的孩子》、《圖像思考》等著作裡現身說法，讓我們了解自閉症患者的內心世界。對於中學時代的那段灰暗歲月，葛蘭丁說：「我現在可以大笑以對，但若要真的回去，那的確會很受傷。」不過她還是無悔於自己是個自閉症者，因為自閉症讓她有了跟別人不一樣的人生。

其實，每一種異常，與其說是一種「缺陷」，不如說是一種「特質」，能為當事者提供一扇「特別的窗」。帶著笑容往窗外看，你將看到一個別人看不到的世界。

差點氣死女孩子的解謎大師

每天總是有人會拿些幾何或代數的難題來考他，慢慢地，他發現一個有趣的現象：他花了些時間幫第一個人解答難題，但接下來卻有五個人說他是超級天才……。

有一個男孩，從小就喜歡修理東西，他經常在慈善園遊會裡買些便宜的破舊收音機，回去拆開來，找出哪裡出了問題，設法將它們修好。慢慢地，很多人家裡的收音機壞了，也都找他修理，他因此成了遠近馳名的「天才小孩」。

不只故障的收音機，當他看到保險箱時，也會忍不住想辦法要將它打開。他對解決任何難題都有莫大的興趣，而且有一股不服輸的死勁。到了讀中學時，每天總是有人會拿些幾何或代數的難題來考他，而他也總是不解開謎題就不罷休。慢慢地，他發現一個有趣的現象：對一個數學難題，他通常要花個二十分鐘才能得到解答；但事後經常有人又會拿同樣的題目來考他，而他就能不假思索地告訴他們要如何求得答案。也因此，他花點時間幫第一個人解答難題，但接下來卻有五個人說他是超級天才。

他的名聲愈來愈響亮，到高中畢業，幾乎碰過了古往今來的每個謎題。讀大學時，在舞會上，一個女生跑過來對他說：「聽說你很厲害，讓我來考考你：有一個人要砍八段木頭……」他馬上回答：「首先把單號的木頭劈為三塊。」因為他早已碰過這個題目了。接連好幾次，女孩的題目只開了個頭，他就說出答案，差點把對方活活氣死。

*

他就是後來在一九六五年獲得諾貝爾物理獎，有「科學頑童」之稱的理查．費曼。費曼在物理學領域的傑出表現固然是來自他的聰明才智和努力，但他那想打開所有保險箱的好奇心與鍥而不捨要解開各種謎題、難題的毅力更扮演了關鍵性的角色。

讀高中時，費曼就因為他「解題天才」的聲譽卓著，所以成了學校「代數隊」的隊長，經常跟其他高中的代表隊比賽——看誰能以最短時間正確解答臨時抽出的數學難題，而這通常只有自行想出新的快速解題法的隊伍才能獲勝。費曼說他在這些比賽裡學會了如何快速看出題目的方向，而且很快把答案算出來，這對他大學時的微積分、還有日後的科學研究都有莫大的助益。

保持好奇心、喜歡為問題找答案，能讓你有活潑的心靈、活潑的人生。

愛動拳頭的資深不良少年

也許他當時是個血氣方剛的火爆浪子，看到不順眼的人和事，就忍不住想用拳頭解決；也許他在每個學校所留下的「不良紀錄」如影隨形跟著他……。

在宜蘭羅東中學的布告欄前，一個初中生伸出拳頭，「匡」的一聲打破布告欄的玻璃——因為他不想讓女同學看到他被公布出來的不及格的成績。結果，他被學校退學。但在轉學到頭城中學後，他又因為打架而再度被退學。

心情鬱悶的他，在某個冬日隻身搭乘貨車前往台北，在一家電器行當學徒，利用空檔發憤用功，決定以同等學力考上一所好學校，讓故鄉的人刮目相看。皇天不負苦心人，他考上了全台首屈一指的台北師範學校。父親很為他高興，可惜過沒多久，他又因打傷學校警衛而再度慘遭退學。

於是他又從台北師範轉到台南師範，也許他當時是個血氣方剛的火爆浪子，看到不順眼的人和事，就忍不住想用拳頭解決；也許他在每個學校所留下的「不良紀錄」如影隨形跟著他，使他每到一處就「未演先轟動」，總之，他在台南師範又因打架而被退學。對此他心中百感交集，認為學校要將他退學是不了解他的成長過程，而寫了厚厚一疊「陳情書」，爬氣窗放到校長的桌上。校長看了，成命已難收回，不過還是好心地將他介紹到屏東師範學校。而他，終於在這裡讀到畢業。

＊

他就是後來寫出《兒子的大玩偶》、《看海的日子》、《莎喲娜啦．再見》等感人小說的黃春明。看他在前述小說裡所流露出來的柔軟心與悲憫情懷，實在很難想像他過去是個一再打架滋事、一再被退學的資深不良少年。

但我們也不能因為一個青少年一再地好勇鬥狠、打架滋事，就認定他是個不堪教化的社會敗類。凡事必有因，在被台南師範退學時，黃春明之所以會寫「陳情書」給校長，就表示他對自己的坎坷成長路感到委屈，有話要說。所以，不管是老師或同學，遇到這種情況，也許應該先學會傾聽。更重要的是人是會改變的，當他「用打架的手拿起創作的筆」後，我們看到了不一樣的黃春明，昔年將他退學的學校，紛紛將他改列為「傑出校友」。

沒有改變，就不會有成長；相信人會成長的人，也相信人會改變。

被初戀情人當做小孩子

他的詩愈寫愈出色，十四歲時，在一群好友的慫恿下，他用一名含羞少女的口吻，寫了一首情詩，向某位少年吐露愛慕之意……。

在德國法蘭克福，有一個少年很會寫詩，十三歲生日那天，就把自己的第一本詩集獻給了他摯愛的父親。他的詩愈寫愈出色，十四歲時，在一群好友的慫恿下，他用一名含羞少女的口吻，寫了一首情詩，向某位少年吐露愛慕之意。有人真的將這首情詩寄給那位少年，少年看了既感動又高興，也很想寫一首情詩回報，但卻沒有文采，竟然來找他，懇請他代筆，弄得他啼笑皆非。

不久，在朋友的聚會中，他認識了一位非常漂亮的姑娘，立刻為之著迷，不論走到哪裡，腦海裡總出現她的倩影。這位姑娘似乎也很欣賞他的才華，兩人經常一起出遊，他很快就陶醉在愛情的美夢中。

但有一天，姑娘卻在眾人面前提他時說：「我是很喜歡見到他，但我一直把他當做小孩子看待。我對他的感情，僅僅是一個做姊姊的感情。」這番話大大傷了他的自尊心，愛情的破滅感讓他的淚水沾濕了夜裡的枕頭，他吃不下、睡不著，整天渾渾噩噩的，覺得生命再也沒有任何意義。

*

他名叫約翰．沃爾夫岡．歌德，也就是後來名聞遐邇的大文豪、大情聖。他的這位初戀情人名叫葛蕾琴，被初戀情人視為「小孩子」，的確會讓人痛不欲生，但在一段時間的痛苦和失落，到外地走走、排憂解悶後，他又重新振作起來，立志要當一位「大學教授」。後來，他的成就不僅遠遠高於大學教授，而且還情史不斷，直到八十歲時，還愛上一個十七歲的少女。

歌德在其名著《少年維特的煩惱》序言裡說：「哪個少男不多情？哪個少女不懷春？此乃人性中的至潔至純；啊！怎麼從中有悲痛迸出？」很少人有「完美的初戀」，但不管當時覺得多麼悲痛或可笑，卻都是一個值得珍惜的回憶，因為就像歌德後來所說：「一個未曾腐化的純潔青年，其最初的戀愛是完全循著精神方向進行的，造物主是要一個人在異性中具體發現善和美。」

不管結局如何，每個人都應該對自己有此能力感到高興。

台上一分鐘，台下十年功

第一次在一家外商的尾牙宴上表演，卻因為上台後太過緊張，表情呆板、手腳顫抖、眼神飄忽不定，表演得很糟，觀眾們看了一分鐘，就自顧自地低頭吃飯了……。

在高雄有一個男孩，八歲時第一次到百貨公司看魔術表演，就立刻為之著迷，而開始尋找相關的節目和書籍來看。光看還不過癮，他又根據教材，無師自通地學習起魔術來，然後在同學面前表演。他所表演的第一個魔術是把一枚硬幣吃進嘴裡，再從後腦勺取出來。為了出神入化，他可以廢寢忘食地練習同一個動作，譬如為了將一個鐵環漂亮地套進另一個鐵環中，他連續兩天兩夜沒睡覺，一再地練習。

十二歲時，他以精湛的技藝獲得「台灣青少年魔術大賽冠軍」。就讀高中時，就有正式登台表演的機會，但第一次在一家外商的尾牙宴上表演，卻因為上台後太過緊張，表情呆板、手腳顫抖、眼神飄忽不定，表演得很糟，觀眾們看了一分鐘，就自顧自地低頭吃飯了。

這次失敗讓他明白，所謂「成功的演出」不是單靠技術而已，還牽涉到很多因素，於是他開始研讀各種「自我行銷」的書籍，注意自己的打扮和說話的技巧，每天對著鏡子訓練自己的眼神與手勢，透過各種有形、無形的方式引起觀眾的好奇心和注意力，為自己的魔術表演製造最大的娛樂效果。

*

他，就是劉謙。本來只想做業餘表演的他，因為在從東吳大學日語系畢業後工作不順，而決定成為專業魔術師，結果不僅成為唯一到拉斯維加斯與好萊塢表演的台灣魔術師，而且還紅遍日本、歐美與中國大陸，成為最具國際知名度的台灣魔術師。

劉謙說：「其實我打從一開始就覺得自己會成功，只是，還真沒想到會紅成這樣！」劉謙的自信來自他的自我要求和精準認知：所謂「台上一分鐘，台下十年功」，只有不嫌麻煩的反覆苦練，才能有出神入化的技巧；而光有技巧就好像只會讀書，不見得會成功，想要脫穎而出，還必須培養其他輔助性的能力，譬如表演（表達）能力、人際關係能力等，沒有這些條件的配合或支撐，你可能連被認識的機會都沒有。

贏，不是靠運氣，而是靠準備。路，是人走出來的，但準備充分的人能走得更自在，也走得更遠。

孤兒院裡的白衣黑裙

整個孤兒院其實就像一座修道院，院內沒有一面鏡子，她必須爬到家具頂端，才能找到一面可以映照出自己容顏的玻璃……。

在法國奧巴辛的高地上，氣候淒寒、林木蒼鬱，一座中世紀的修道院已成廢墟，但不遠處還有一棟高牆圍繞、瀝青屋頂的孤兒院，收留無家可歸的孤兒棄女，院內的老師大多是修女。

一個少女在十二歲時，就因母親去世、父親行蹤不明，而被祖母送進孤兒院。她在孤兒院裡過著僵化、嚴格、單調而又枯燥的生活，一個星期上課六天，晚上全排滿了家事，學習縫被單、做衣服等針線工夫。星期天早晨做彌撒，下午若天氣晴朗，會有老師帶她們到附近遠足。

整個孤兒院其實就像一座修道院，走廊與牆壁都是白亮亮的，門框則是黑漆漆的，孤兒們都穿著一洗再洗的白衣黑裙。院內沒有一面鏡子，她必須爬到家具頂端，才能找到一面可以映照出自己容顏的玻璃。

也許是營養不良，她到十五、六歲時，外表看起來還像個十二歲的小女孩，但卻是「讓人討厭的小東西」，因為她老是和修女唱反調，她厭惡這樣的生活和自己的命運，渴望像小鳥般掙脫牢籠，飛向海闊天空的世界。

*

她名叫蓋布莉埃．香奈兒，在十七歲離開孤兒院後，她又到聖母瑪利亞寄宿學校讀了幾年書，然後到一家女用內衣店工作，逐漸嶄露頭角，在因緣際會中扶搖而上，最終成為主宰世界流行趨勢的服裝設計女王與時尚女王。

香奈兒在成名後，有很長一段時間避談在孤兒院的生活，甚至不惜造假，說她是住在「姑媽」家。也許她認為那段人生不堪回首，而寧願埋葬它；但一些評論家卻指出香奈兒早期所設計的服裝款式簡單樸素、對稱完美，喜歡用黑、白、灰的顏色，這種使她異軍突起的風格，讓人想起的正是修道院的氣氛。

到了晚年，她慢慢較能接受也開始懷念自己的過去，甚至說「嚴厲始能激發力量」。凡走過必留下痕跡，不管你有過什麼青春歲月，你都無法否認它，而也只有你才能賦予它意義。

提著燈籠上學的孤客

他本想和同學分享「智性的喜悅」，但只喜歡「無聊」活動的同學卻不領情，他只好像個獨行俠般，在圖書館和斗室裡，孤獨地做著他喜歡做的事……。

在晦暗的冬日清晨，一個中學生提著一盞紙燈籠，從一家藥房走出來，徒步到國王中學去上學。國王中學離他家七公里，所以他在學校附近的一家藥房樓上租了房。紙燈籠是他自己做的，雖然天色不會暗得看不到路，但提著自製的燈籠去上學，讓他心裡感到很溫暖。

在十三歲時，他剛進國王中學不久，一位也是清教徒修士的老師安捷爾引導他到聖伍夫藍教會圖書室去充實自己，他在一堆宗教書籍中發現一本很特別的書——《自然與工藝的神祕》，書中介紹了很多奇妙的機械和器具，以及它們的製法和詳細說明。這本書像一扇窗，為他閉塞的心靈開啟了一個迷人而廣闊的科學天地，他深深為之著迷，而特別花了兩個半便士買了一本筆記本，將書中的重要內容都抄錄下來。

光是閱讀無法滿足他，他更進一步根據書中的解說，自行製造可以實際操作的器械，譬如風車、日晷等，紙燈籠就是這類作品之一。他在學校的成績普普通通（頭幾年還不太好），也沒有太多朋友，他本想藉這些閱讀與製造和同學分享「智性的喜悅」，但只喜歡「無聊」活動的同學似乎不領情，所以他只好像個獨行俠般，在圖書館和斗室裡，孤獨地做著他喜歡做的事。

＊

他名叫艾薩克．牛頓，在從國王中學畢業後，到劍橋大學主修數學和物理，在校並沒有什麼出色表現，但在因霍亂流行、大學關閉，回故鄉避難後，他卻大放異彩，陸續發現萬有引力定律、運動三大定律，並為光學及微積分奠定基礎，被認為是有史以來最偉大的科學家。牛頓後來在回顧他的人生時說：「我不知道我能呈現給世界什麼，但就我個人而言，我感覺我只像在海邊遊玩的一個小孩，廣大而未被發現的真理海洋就在我面前，我不過是時而找些比較平滑的石子或漂亮的貝殼自娛而已。」

也許，站在真理海洋邊的是「一個」小孩，而不是「很多」小孩，有些工作註定是孤獨的，只能靠一人之力去完成。但這並不表示像牛頓這樣的人是寂寞的，在無人打擾的情況下，他們反而能更專心、顯得更自在，而得到更大的「自我娛樂」效果與滿足。

期待搬家的 C 咖學生

每到一個新環境，他總是表現出一副活潑、滿不在乎、討人喜歡的模樣，在教室裡以詼諧的表演讓同學笑得東倒西歪成了他最大的樂趣……。

有一個人，從小就因為父母的離離合合，而必須經常收拾行李，從一個地方搬到另一個地方，但他從不猶豫或感傷，反而充滿期待，因為每一個新地方總是有許多新事物等待他去發掘，每個學校都不同，教室不同、桌椅不同、黑板不同、老師不同、同學不同，真是好極了！

每到一個新環境，他總是表現出一副活潑、滿不在乎、討人喜歡的模樣，可能是為了引起注意和關懷，或是為了自我防衛、掩飾不安全感，在教室裡以詼諧的表演讓同學笑得東倒西歪成了他最大的樂趣。

十三歲時，他去看庫柏力克的《二〇〇一太空漫遊》，結果流連忘返，前後共看了十二遍；後來，他又在電視螢光幕前，直直盯著黑澤明的《七武士》三個半小時，完全沉迷於其中。這些史詩般的電影為他呈現了藝術的神奇世界，讓他心嚮往之。

念高中時，他參加好幾個社團，是個虔誠而熱心的基督徒，經常引用《聖經》的話，並遊說別人信主；而在表演社團裡，戲劇老師方斯沃思和同學吉克森則啟發了他對演戲的興趣。高中畢業，他每科的成績都是C，但他也不想靠這些成績吃飯。

*

他名叫湯姆．漢克，後來成為獲得兩屆奧斯卡影帝的實力派巨星，主演過《阿甘正傳》、《西雅圖夜未眠》、《費城》、《搶救雷恩大兵》等膾炙人口的電影。當他以《費城》這部討論愛滋病的影片獲得奧斯卡金像獎時，在致謝詞中以動人心弦的口吻感謝他高中戲劇社的老師方斯沃思和同學吉克森（兩人都是同性戀者）對他的影響。

漢克在成為一個正式的演員之前，他早已是個演員。父母的一再離婚與再婚、還有經常搬家與換學校，對成長中的青少年會有什麼影響？那恐怕要先看青少年個人對這些不是他能掌控的因素採取什麼樣的態度。漢克積極地擁抱它們（自怨自艾又有何用？）從中汲取養分，而讓自己成為一個優秀的演員。

尼赫魯說：「人生像一場牌戲，你拿到什麼牌是命定論，你怎麼玩它則是自由意志。」不管你的人生拿到什麼牌，以積極、輕鬆的心情好好玩它，就是成功。

不想等到失敗再後悔

原本排名第三的她，在壓軸的自選曲項目，選擇放手一搏——使出最高難度的三旋跳，還連跳兩次。這樣的冒險可能使她當場出糗，失敗得很難看……。

在美國加州有一個女孩，父母是七〇年代移民過來的香港人，五歲時，父母帶她去看哥哥的冰上曲棍球比賽，點燃了她對滑冰的熱情，而開始學習滑冰。七歲時，她就得到生平第一個滑冰比賽冠軍。

她和父母都燃起了想要在滑冰界一展身手的夢想，於是開始接受更嚴格的訓練。學習滑冰的費用很高，對並不富裕的家庭是筆負擔（父母靠開一家小餐館營生），但望女成鳳的父母卻決定放手一搏。每天早上五點，父親就把她從熟睡中叫醒，開始晨間練習；下午放學後，又到滑冰場繼續練習，每天都要練習三、四個鐘頭。十歲時，父親更為她聘請專職的教練，而且還由母親陪她在訓練營區生活，讓她能安心練習。在遇到挫折時，父母總是用廣東話說出兩句中國成語：「吃得苦中苦，方為人上人」、「少壯不努力，老大徒傷悲」來安慰、勉勵她。

而她也不負父母的期待，十一歲即通過美國青少年組資格賽，十四歲摘下青少年組冠軍，十五歲取得美國錦標賽亞軍，十六歲登上了世界滑冰冠軍的寶座。

*

她，就是關穎珊。在過去十幾年中，她總共獲得九次美國花式滑冰錦標賽及五次世界花式滑冰錦標賽的冠軍，也獲得二枚冬季奧運會的獎牌，有「冰蝴蝶」之稱。二〇〇六年，她更成為美國親善大使，走訪世界各地。

關穎珊在成名後，說：「我從沒有忘記父母為我做出的犧牲，我一直很感激。沒有他們的支持，我就沒有今天的成功。」除了個人的天分和努力、父母的犧牲與栽培外，還有一點也很重要：她在參加二〇〇〇年世界花式滑冰錦標賽時，原本排名第三的她，在壓軸的自選曲項目，她像她父母當年栽培她一樣「選擇放手一搏」——在四分鐘的長曲中，結合最高難度的三旋跳，還大膽地連跳了兩次。這樣的冒險可能使她當場出糗，失敗得很難看，但是她成功了——反敗為勝，勇奪冠軍！

她喜極而泣，說：「因為我不想等到失敗，才後悔自己有潛力卻沒有發揮。」人生很少是一帆風順的，在必要的時候，你必須勇於放手一搏。

在淚水中完成第一筆交易

老闆的話猶如晴天霹靂，他頓著不走，失望與傷心讓他的眼眶泛紅，淚水滴滴而下，哭著哀求能以九折成交……。

在日本大阪的一家單車店，有一個從鄉下來的十三歲少年，他已在這裡當了四年學徒。有一天，某蚊帳店打電話來，說想買部單車，業務員剛好不在，老闆要他先推車子過去，等業務員回來再去談價錢。

他在路上已打定主意，想利用這個機會自己把單車推銷出去，於是在到了蚊帳店後，就努力向老闆做介紹和遊說，老闆被他的熱心所感動，答應以九折成交。這是他生平所做的第一筆生意，當他高興萬分地飛奔回來，將好消息告訴老闆時，卻被潑了盆冷水。「這是哪門子生意？」老闆吼道：「即使要優待也不能一次就打九折，你再去議價，要打九五折回來！」

老闆的話猶如晴天霹靂，他頓著不走，失望與傷心讓他的眼眶泛紅，淚水滴滴而下，哭著哀求能以九折成交。這一幕剛好被前來的蚊帳店夥計目睹，回去轉告他們老闆，老闆決定就以九五折的價錢買下單車。事後，蚊帳店老闆告訴他：「你做人很老實熱心，……你認真的態度實在讓我欽佩，只要我的店開著，你們的店也繼續做生意，以後我一定都向你買單車。」

*

這位少年名叫松下幸之助，十六歲時進入大阪電燈公司工作，二十四歲自行創立「松下電器」，從生產單車用的電燈起家，擴及其他電器產品，七年後就成為日本收入最高的人，並進而成為跨國的大企業主，在日本被譽為「經營之神」。

松下因為家貧，小學四年級時就被迫輟學離家，到大阪當學徒。在《路是無限寬廣》這本書的〈寫給青少年〉一章裡，他說他當時對能快樂上學的學生充滿了羡慕，但他也很感激能有七年的學徒生涯，前面那段經驗就讓他實地體會，學到了做為一個商人最基本的態度——抓住每一個可能的機會，主動出擊，待人誠懇，對工作熱心，全力以赴，認真做好每一件事。

有人說：「通往機會的每扇門上都寫著『推』。」不只是「推」，要怎麼「推」、還有「推」的力道，更是關鍵。

對美德典範的熱情崇拜

他飢渴而又如醉如痴地聆聽並吸收吉雅科夫的各種見解，同時也在他面前透露自己從未向人透露的思想與感受……。

在俄國莫斯科，有一個出身貴族的十三歲少年，因為父母不幸相繼去世，而不得不到遠方去投靠他的一位姑姑。姑姑和姑丈過著奢靡的生活，但心地純良的少年不僅不羨慕，反而相當苦悶。

因為當他表示他想要做個有道德的人時，總是遭到輕視和嘲笑；而只要他稍為自暴自棄，就立刻受到讚揚和鼓勵。他愈來愈孤獨，也愈來愈傾向於內在的精神生活，除了閱讀哲學著作、思考靈魂與人類使命的問題外，還會把手放在火爐上烤，再伸到通風的窗口去凍，藉此來鍛鍊自己的心志。

就在此一精神孤獨的時期，他遇到了大他幾歲的吉雅科夫，兩個人很快因氣質相近、意氣相投而成為摯友。吉雅科夫對很多事情的看法都引起他的共鳴，他飢渴而又如醉如痴地聆聽並吸收吉雅科夫的各種見解，同時也在他面前透露自己從未向人透露的思想與感受。和吉雅科夫在一起，不僅讓他沐浴在友誼的溫馨中，更看到一個清明而美好的世界正在向他招手。

*

他就是後來寫出《戰爭與和平》、《安娜．卡列尼娜》等文學巨著的俄國大文豪列夫．托爾斯泰。雖然在成年後，他也曾浪蕩過，但後來還是浪子回頭，又回歸他在少年時代所嚮往的清純生活。

托爾斯泰後來的成就當然是遠遠超過了吉雅科夫，但他還是非常感激和懷念這位少年友人。在自傳體的小說《少年》裡，托爾斯泰說：「我不知不覺被他（吉雅科夫）的傾向同化了，這種傾向的實質就是對美德典範的熱情崇拜，相信人生的目的就是不斷地自我完善。在當時看起來，使全人類改邪歸正，消滅人類的一切罪惡和不幸，好像是行得通的；而自我完善，接受一切美德，做個幸福的人，也似乎輕而易舉……。」

波斯詩人哈菲茲說：「在年輕人的頸項上，閃爍著志業的高尚光輝，無任何珠寶能及。」在往後的回憶裡，這種純然的熱情也許有點少不更事，但在青少年時代，能有這樣的熱情和友誼，其實是非常幸福的。

青春第二課 經典新版

看世界的方法 272

作者	王溢嘉		
攝影	王谷神		
美術設計	曹淳		
責任編輯	林煜幃		
編輯協力	羅凱瀚		
發行人兼社長	許悔之	藝術總監	黃寶萍
總編輯	林煜幃	策略顧問	黃惠美 · 郭旭原
設計總監	吳佳璘		郭思敏 · 郭孟君 · 劉冠吟
企劃主編	蔡旻潔	顧問	施昇輝 · 宇文正
行政主任	陳芃妤		林志隆 · 張佳雯
編輯	羅凱瀚	法律顧問	國際通商法律事務所 邵瓊慧律師

出版　有鹿文化事業有限公司｜台北市大安區信義路三段106號10樓之4
T. 02-2700-8388｜F. 02-2700-8178｜www.uniqueroute.com
M. service@uniqueroute.com

製版印刷　鴻霖印刷傳媒股份有限公司

總經銷　紅螞蟻圖書有限公司｜台北市內湖區舊宗路二段121巷19號
T. 02-2795-3656｜F. 02-2795-4100｜www.e-redant.com

ISBN　978-978-626-7603-01-7　定價　350元
初版　2024年11月

＊本書初版　2010年8月（野鵝出版社）

青春第二課 / 王溢嘉著 — 初版．— 臺北市：有鹿文化事業有限公司，2024.11．232面；14.8×21公分 —
（看世界的方法;272）ISBN 978-626-7603-01-7（平裝）　863.55　113014929